ウブな政略妻は、
ケダモノ御曹司の執愛に堕とされる

Adria

Eternity
BUNKO

目次

ウブな政略妻は、ケダモノ御曹司の執愛に堕とされる

1

大学を卒業して二年が経ち、働くのにも慣れた頃、私は父の書斎に呼び出された。

重厚感のある執務机に積み上げられた書類。本棚に並ぶたくさんの難しそうな本。それらのせいか、ここは我が家で一番重苦しさを感じさせる部屋だと思う。

それに、この部屋の中ではいつもは優しい父の、銀行のトップとしての顔が見える気がして苦手なのよね。

どうかお叱りじゃありませんように、と緊張しつつも用件を聞くと、父は耳を疑うようなことを言った。

「え？　お父様……今、なんと仰《おっしゃ》いましたか？」

私は驚く気持ちを抑えつつ、父に聞き直した。

片岡《かたおか》グループの御曹司を落とせと言われた気がするけれど、まさか聞き間違いよね？

いくらなんでもそんなこと……

「だから、片岡宗雅《むねまさ》を落とせと言ったんだ。……しずく、これは我がたちばな銀行と片岡グループの利害が一致した政略結婚だ。一カ月後には彼の秘書として働けるように手を回しておいたから、なんとしても彼と恋仲になりなさい。そうすれば、あとは両家でうまくやるから」

「…………」

理解がしきれずに表情が消える。

片岡宗雅さん……。片岡宗雅さんって、あの宗雅さんよね？　片岡家の長男で、片岡グループ本社の副社長。いずれは社長となられる方。そして、忘れもしない私の初恋の人。

片岡グループは、国内外に手広くホテル事業を展開しており、政財界との繋がりも深い。そして我が家は大手銀行の創始者一族。家柄は釣り合うので、縁談が持ち上がるのは、なにもおかしなことじゃない。ここ何年かで片岡グループとの取引が増えているので、そこから話が来ているのかもしれない。

でも、そんな本当に？　初恋の人と……ずっと好きだった人との縁談だなんて、そんなうまい話があるかしら？

私は戸惑いを隠せず、いつも以上に真面目な顔で話す父をジッと見つめた。

「嘘……冗談ですよね？」

「こんなことを冗談で言えるか」

「……で、ですが、お父様。政略結婚だなんて大丈夫でしょうか？」

宗雅さんは政略結婚がいやなのだと思う。だって、彼が来る縁談をすべて断っているという話は有名だ。家が代々事業をしていると、どうしても結婚が家同士のものになって、政略的な意味合いが強くなる。今時家柄で選んだ相手と家のために結婚するなんていやよね。私も、いずれはこういった話があると覚悟はしていたけれど、本音を言えば自分の結婚相手くらい自分で選びたいと思っていた。当然ながら彼もそうなのだろう。私は彼のことが好きだからこの話は嬉しいけれど、彼はそうじゃないもの。そこまで考えて胸がズキンと痛む。

「正攻法でいけば彼に断られるだろう。だから両家で話し合って、しずくが彼に立花《たちばな》家の娘だと、婚約者候補だと気づかれずに近づくのがいいということになったんだ。それに、しずくはずっと彼を好いていたんだろう？　誰かと付き合ってみても、長くは続かなかったじゃないか」

「そ、それは……」

確かに好きだった。ううん、今も好き。だけれど、初恋は実らない。それが現実だ。だから、だからこそ、忘れるために高校や大学の時に、声をかけてくれた方と何度かお付き合いしてみたのだが、どうにもうまくいかなくて、どの人とも一カ月も続かなかった。好きになれるように頑張ったのだが、結局向こうから断られてしまった。多分、ほかに好きな人がいるのが透《す》けて見えて、いやになったのだと思う。

私が困ったように視線を逸らすと、父が悲しそうに溜息をつく。

「このままだと、しずくは一生結婚できないだろう？」

「え？」

そ、それは大袈裟《おおげさ》ではないかしら？

その言い様に目を瞬《しばたた》かせると、父は「大袈裟《おおげさ》じゃない」と言い切った。

「しずくは、腕の傷を見られたくないと言って、うち主催のパーティーにすら出席しないじゃないか。それでは、出会いなど生まれない。父さんは、しずくの子が見たい。可愛い孫に会いたいんだ。だから父さんは頑張った！　もうこの際、しずくの初恋を実らせるしかないと！」

「お父様……」

「それに、しずくの初恋のためだけではないんだ。国内における貸出金利が低迷し続けている今、海外に広く展開している片岡グループは大きな顧客だ。なんとしても逃したくない。あちら側としてもうちの銀行とのパイプが強固なものになれば、事業拡大に踏み切りやすい。つまり、どちらにとっても確保しておきたい相手ということだ。お互いにメリットが大きいから、細かいことは気にしなくていい」

父は力強く拳を握りながら、そう言った。

孫とかは気が早すぎるかもしれないけれど、このままでは誰ともうまくいかないと、父なりに私を心配してくれたのだろう。……それに私だって、ずっと彼のことが好きだった。だから、これはまたとないチャンス。私はその言葉にコクリと頷いた。

「とりあえず、秘書業務を頑張りなさい。しずくはうちでもちゃんとやれていたから、きっと大丈夫だ」

「はい。分かりました」

声が上擦《うわず》る。私はソワソワする気持ちを抑えつつ、頭を下げて退室した。パタンと書斎の扉を閉める音がしたと同時に、鼓動が加速していく。痛いくらいに跳ね回る心臓をなだめながら、自分の部屋へ早足で戻った。

片岡宗雅さん……

忘れもしない。あれは十一年前のこと。

初等部から中等部に進学した春、私は弓道部に入部した。幼い頃から弓道に憧れていたので、中等部に上がったら絶対に弓道部に入ろうと決めていた。初等部卒業の少し前から道場にも通って、入部できる日をずっと楽しみにしていたのだ。宗雅さんと出会ったのは、中等部の一年生を歓迎し弓道を教えるという名目で毎年初夏に行われる、高等部との合同練習試合の日だった。

当時、高等部の部長で生徒会長も務めていた彼は、学校内外問わず人気者で、私も噂では知っていたが見るのも会うのもあの日が初めてだった。

『まずは的を見ながら左足を的の中心に向かって半歩開く。次に右足を一度左足に引きつけて、右へ扇形に踏み開くんだ。最初は仕方ないけど、この時足元を見てはいけないから気をつけて』

そうやって初心者の子に丁寧に指導しているところに目を奪われたのをよく覚えている。爽やかで気品があって、短髪でやや癖っ毛で……触れたら、きっと気持ちが良さそうな茶髪。そして、そこから覗く優しげな目。射術の基本ルールを中々覚えられない子達にも、何度も何度も分かるまで根気強く教えてあげていた。

『こら、よそ見しない。ダメだよ、できるからって練習しないのは』

『ち、違、違うんです。これは……えっと……』

『ふふっ、冗談だよ。ほら、見てあげるから構えてみて』

『はい』

ほかの子達に指導している彼に見入っていると、優しい笑顔で話しかけてくれた。私がその言葉に頷き、右手を弦にかけ、左手を整えてから的を見ると、彼の目がスッと細まる。その視線にドキドキして、矢を落とさないように気をつけながら弓を構えた。本来なら弓を射るタイミングが熟すまで心身を一つにして待たなければならないのに、とてもじゃないが、心を落ち着かせるなんて無理だった。でも、彼が見てくれているので失敗したくなくて、頑張って射たのだが、矢を放った瞬間に緊張で体がぐらついてしまったのだ。

『立花さんは弓を握った瞬間に雰囲気が変わるね。特に、弓構えから打起しの時に表情が一気に変わる。そこから狙いを定めて射るまでは緊張感が保てているんだけど、矢を射たあとが少し乱れちゃうね』

『ご、ごめんなさい』

それは宗雅さんがジッと見るからです、とは言えない私は慌てて頭を下げた。すると、彼は『謝らないで。少しずつ気をつけていけばいいから』と言って、射法八節の見本を見せてくれたり、優しく丁寧に指導してくれたりした。私の手を取って教えてくれたので、心臓の音が聞こえてしまうんじゃないかと気が気じゃなくて指導に集中できなかった。

『このあと、中等部と高等部の一年生で一人四射ずつ引いて、中《あた》りの数を競うんだけど、あくまで練習試合だから気を張らずにね』

『は、はい』

そうは言ってくれたけれど、彼の前だからすごく張り切っちゃったのよね。だって一目惚れだったんだもの。彼と話したのはあの時が最初で最後だったけれど、一番楽しい時間として今でも鮮明に覚えている。

「そんな私が彼と恋仲に……」

私は父の言葉を反芻《はんすう》し、ベッドの上をゴロゴロと転がった。顔が熱い。私、今きっと顔が真っ赤になっていると思う。

「嬉しい。でも……」

嘘。嘘でしょ。もう接点はないと思って諦めていたのに。それが両家が合意していて私と宗雅さんが頷きさえすれば進むような形でお話が進んでいるだなんて……。これは夢じゃないわよね？

転がるのをやめて、頬をつねってみる。

「痛い……」

嘘でも夢でもない？　私は頬に確かな痛みを感じて、口元を緩ませた。

こ、これは神様が私にくれたチャンスかしら？　もう一度、あの時をやり直しなさいって、言われているのかもしれない。

私はあの合同練習試合後の夏休みに利き腕に怪我をしてしまい、弓道を続けることが困難になってしまった。その上、入院しているうちに宗雅さんは高等部を卒業し、外部の大学へ進学してしまったので、縁が途絶えてしまったのだ。一度、勇気を出して一世一代の想いをしたためた手紙を書いた。その手紙を高等部にいる弟の雅佳《まさよし》さんに、「お兄様に渡してくださいませんか？」とお願いしたのだが、迷惑だと一蹴されてしまったのだ。

ま、まあ、兄弟共に人気のある方なので、いちいち手紙なんて取り次いでいたらキリがない。断られるのは仕方がないのも理解している。でも、あの時は宗雅さんとの縁を断ち切られた気がして、とてもショックだった。それからはもう縁がないものだと諦めていたのに、まさか、まさか、十一年目にして縁が繋がるだなんて……

「よし！　頑張るのよ、しずく！」

私は心に決めた。この機会をものにしなければ、女が廃《すた》るわ。

「必ず宗雅さんの恋人にしていただくんだから！」

◆　◇　◆

「それでは、副社長に挨拶《あいさつ》に行きましょうか」

「は、はい！」

……いよいよだわ。私はゴクリと息を吞んだ。

あのあと瞬《またた》く間に話がまとまり、私は彼の下《もと》で働くことになった。大学を卒業してからは、出自を伏せて実家の銀行に就職し窓口業務をしていたのだが、この話が持ち上がってすぐに辞めることになった。同僚の方達は急に辞める私にいやな顔一つせずに、私の門出を祝ってくれた。とても優しい人達だ。そして私は今日、これから職場となる片岡グループ本社の秘書室へと足を踏み入れた。だけれど、緊張して落ち着かない。話を聞いてからというもの、ずっと浮き立っているものの、今日はさらにソワソワする。働いてはいたが、初めて社会に出るようなものなので、よその会社でうまくやっていけるかどうかも不安だ。うう、緊張しすぎて吐きそう……

大丈夫、大丈夫よ。長かった髪も肩くらいまでバッサリと切ったから、出会った時と雰囲気が大きく変わっているはずだ。それに、中等部の時から十一年も経っているのだから気づかれるはずがないわ。というより、覚えていないと思う。頑張るのよ、しずく。宗雅さんに、私のことを好きになってもらわなきゃならないんだから……

不整脈にでもなったように乱れた心拍を刻む胸を落ち着かせるため、私は深呼吸をした。

「そんなに緊張しなくても大丈夫よ。優しい人だから」

「は、はい……申し訳ございません」

長い髪をアップスタイルにまとめ上げたとても美しい先輩が、私の背中をぽんぽんとさすってくれる。彼女は教育係の鮎川《あゆかわ》さん。緊張しっぱなしの私に色々と丁寧に教えてくれる優しい先輩だ。

「……………」

チラッと彼女を盗み見る。女性らしい体つきに、綺麗な相貌《そうぼう》。その上、優しいときている。もしかすると、この方が側にいるから、宗雅さんは縁談すべてを断っているのかもしれない。だって、とても素敵な人だもの。こんな女性に公私共にサポートしてもらえたら嬉しいに決まっている。そこまで考えて、かぶりを振る。

やめましょう。そんなことを考え出したら、こんな私が婚約者候補だなんてと卑屈になってしまう。私はこのチャンスを無駄にしたくないの。変なことを考えたりしないで頑張らないと。

「立花さん、本当に大丈夫？　さっきから青くなったり赤くなったりしているけど……」

「は、はい！　大丈夫です。ご挨拶《あいさつ》に行きましょう」

副社長室のドアの前で動かない私の顔を、鮎川さんが心配そうに覗きこんでくる。私は飛んでいった思考を呼び戻して、にこっと微笑んだ。

「そう？　大丈夫ならいいんだけど……」

少し落ち着かなきゃ。鮎川さんにもう一度大丈夫ですと伝えて、深呼吸をする。いざドアをノックしようとすると、私の手が届くよりも早くドアが開いてしまった。

「え？」

開いた……？

「副社長、大変申し訳ございません。今……」

「うん。待っていたんだけど一向に入ってこないから、つい開けちゃった。ごめんね」

ドアから出てきた人に視線も思考も一瞬で奪われてしまう。

会いたかった人。ずっとずっと好きだった人。短髪でやや癖っ毛で、当時と変わらない優しげで人好きのする笑顔。そして学生時代とは違う装いが、私の胸を熱くする。

私の思い出の中の彼よりも背が高く、顔つきも雰囲気も大人の男性という感じで、とてもかっこいい。洗練された雰囲気を醸《かも》し出していて、シックなグレーのスーツがよく似合っている。大人の色気が加味された彼の姿に心臓が早鐘を打つ。

私は思わず息を呑んだが、すぐに背筋を伸ばして頭を下げた。

「本日付けで秘書として配属されました立花です。一生懸命頑張りますので、ご指導のほどよろしくお願いいたします」

「おはよう、立花さん。これからよろしくね」

そう言って彼は私に手を差し出した。私がおずおずとその手を取ると、ぎゅっと握られる。その途端、初めて会った時の熱がぶり返したようにブワッと体温が上がった気がした。脈が速度を増して、手のひらが湿ってきたのを感じ、慌てて手を離す。

「分からないことがあったら、鮎川さんに聞くといいよ。頑張ってね、立花さん」

「は、はい。ありがとうございます」

そう言って穏やかな笑みを向けてくれる宗雅さんに胸が高鳴る。でも、それと同時に宗雅さんは教えてくれないのかしらと残念に思ってしまった。お忙しい立場だから仕方ないけれど、なんだか線を引かれたようで少し寂しい。でも好き。やっぱり好き。十一年ぶりに再会して、一層強く確信した。私はこの人が好きなのだと……。そう気づいてしまうと、もう想いを止められなかった。二人の間にある一線を飛び越えたい。

◆　◇　◆

——働きはじめて二週間。

一向にバレる気配も進展する気配もない。でも、職場の人は皆優しく気遣ってくれるので、不慣れな私でもうまくやっていけている。これなら、すぐ慣れることができそう。

私は安堵しつつ、副社長室へ入った。

「……副社長。お呼びでしょうか？」

「うん。この書類をデータに起こしてほしいんだ。あと、このファイルを資料室から取ってきてほしいんだけど、頼める？」

「は、はい。畏《かしこ》まりました」

つい声が上擦《うわず》ってしまう。仕事には少しずつ慣れてきたけれど、彼と話すのは未だに緊張する。落ち着かなきゃ……。変に思われちゃうわ。

緊張を抑えながら側に寄ると、彼がクリアファイルに入った書類と欲しいファイルのメモを差し出す。

「ありがとう。よろしく頼んだよ」

「……っ」

それを受け取った時に、不意に指先同士が触れて、体が分かりやすいくらい跳ねてしまった。受け取ったクリアファイルとメモを取り落としそうになって、慌てて持ち直す。

彼は指が触れたことに気づいていないのか、それとも気にしていないのか、すぐにパソコンに視線を戻して顔色一つ変わらない。

一人でドキドキして、バカみたい……。

「では、失礼いたします」

私は一礼して副社長室と続きになっている秘書室へ下がり、小さく息をついた。

しっかりしなさい、しずく。少し指先が触れただけじゃない。こんなことでドキドキしていたら、とても彼と恋仲になるなんてできないわ。平常心を保たなきゃ……。私は気を取り直して、デスクにクリアファイルを置いたあと、小走りで資料室へ向かった。

でも、恋仲ってどうやったらなれるのかしら？　働きはじめたばかりの私が告白したら、彼に群《むら》がるその他大勢と同じだと思われてしまうかもしれない。彼はそういった子達にうんざりしているようなので、間違いなく断られるだろう。ふられるだけならまだしも、そのことが原因で私が婚約者候補だって知られたら、彼の秘書ですらいられなくなるかもしれない。

そこまで考えて、顔から血の気が引いていく。

……絶対に告白なんてできないわ。今はこのままでいいの。秘書として彼の側にいられるだけで充分。だけれど、いつかは……。いつかは、彼に私のことを好きになってもらいたい。

「えっと、どこかしら？」

私はざわつく心をなんとか落ち着かせ、仕事に集中しようと決めた。

そして、資料室の棚をキョロキョロと見渡す。資料室には数十年分の会社の資料が収められている。定期的に秘書課の人達が整理に来ているそうだが、膨大な数のファイルの中から目的のものを探すのは中々に大変そうだ。

メモによると、二年前に行ったイタリアにある系列ホテルの改装工事の資料が必要らしい。これって、確か宗雅さんが総責任者となって手がけたものよね？　『癒《いや》し』をコンセプトに和のテイストを取り入れたホテル。優雅かつ過ごしやすいことを第一に造られていて、特に水回りの設備に力が入っていると聞いた。

「ヨーロッパってバスタブがない家やホテルが珍しくないものね……」

その上、低料金《バジェット》クラスの部屋だと、お湯の温度が安定しなかったり、水圧が弱かったりすると聞いたこともある。そういう問題を心配しなくていいのはとても良いことだと思う。特に日本からの観光客も多い我が社のホテルでは、バスタイムを楽しめることは結構重要だと思う。さすが、宗雅さんだわ。

そんなことを考えながら、二年前の資料が収められた棚の前に立ち、メモと交互に見ながら探す。

「あったわ！」

資料を見つけた私は手を伸ばして、その資料を取ろうとした。でも、高いところにあるので、私の身長ではあと少し届かない。

どうしましょう。背伸びをしてみても届かない。踏み台が部屋の端に見えるけれど……

「でもあと少しなのよね。あ、もう少し……っ痛！」

指先がファイルに掛かったところで、右腕に痛みが走り、側にあった別の資料を落としてしまった。落ちたファイル達を見つめて、はぁっと息をつく。

ああ、やっちゃった……

私は腕を押さえながら、ファイルを拾おうとした。

「立花さん。今、なにか落ちる音がしたけど大丈夫？　怪我していない？」

「え？」

しゃがみこんだ時に、突然宗雅さんが現れたので目を瞬《しばたた》かせる。

む、宗雅さん？　どうしてここに？

私は目をゴシゴシと擦った。

「頼んだファイルの場所が分かりづらいところだったなと思い出して見にきたんだ。見つかった？」

「ファイルは見つけられたんですけれど……」

右腕をさすりながら視線を上に向けると、彼も同じように上を見た。

「あ……ごめんね。あんなに高いところにあると取れないよね。大丈夫？　右腕をぶつけたの？　ちょっと見せて」

「いえ。大丈夫です。踏み台を使わずに取ろうとした私が悪いので」

右腕に触られそうになって、慌てて背に隠す。彼はなにかを察したのか、すぐに手を引っこめて「ごめんね」と謝ってくれた。

ごめんなさい、違うんです。宗雅さんが悪いんじゃないの。ただ、過去に怪我したところを見られたくなくて……

俯《うつむ》いたまま右腕を掴んでいると、その手の上に彼の手が重なり、ハッと顔を上げる。

「大丈夫ならいいんだ。そんな顔しないで？」

「副社長……」

「立花さんは、男性が苦手？　もしそうなら言ってね。気をつけるから」

「違います！　大きな声を出す人は苦手ですが、副社長は大丈夫です！　だから、気をつかわないでください！　私、私……あっ」

そこまで言ったところで、彼のスーツを縋《すが》るように掴んでしまったことに気づいて、慌てて手を離そうとする。でも、その前に彼がやんわりと私の手をほどいた。

やだもう、私ったら。

私はそのことに少しショックを受けながらも恥ずかしさで熱くなった頬を押さえ、か細い声で「申し訳ございません」と謝った。

「大丈夫だよ。それに、そんなに謝らないで。君の前では大きな声を出さないと約束する」

「副社長……」

そう言いながら、落とした資料を拾い、必要な資料も取ってくれる彼の優しさと笑顔に胸がトクンと脈打った。心臓の鼓動が痛いくらいで、気をつけていないと頬が緩んでしまいそうだ。

以前と変わらず、まわりの人を気遣う優しい人。宗雅さん、あの時からずっと好きです。私のことを覚えていますか？

一瞬、そう言いそうになって、私は自分の唇をキュッと噛み締めた。

落ち着かないと。勢いで好きだと言ってしまったら、そこですべてが終わってしまう。

婚約者候補と気づかれずに、私自身を好きになってもらわなくちゃ……

でも、どうやって？　宗雅さんは相変わらずスマートで隙がない。彼は男女問わず社員皆に平等に優しい。そんな人の特別な存在になるには、どうしたらいいんだろう。恋愛経験が乏《とぼ》しすぎて分からない。

「立花さん。もし右腕が痛むようなら、我慢せずに医務室に行くんだよ」

「いえ、本当に大丈夫なんです。もう痛くありませんから……。ありがとうございます」

「それなら、いいんだけど。あまり無理しないようにね」

「はい」

部下としてだけれど、大切にされていると感じられて嬉しい。だから焦ってはいけない。今はとりあえず早く仕事を覚えて彼の役に立とう。私はそう決心して、頭を下げて資料室を退室した。

2

「副社長、コーヒーです。熱いのでお気をつけください」

「ありがとう」

デスクにコーヒーを置くと、なにやら難しい顔をしていた宗雅さんは、わざわざこちらを向いて柔らかく微笑んでくれる。でも、すぐ顔がパソコンに戻る。とても忙しそうだ。画面をチラッと覗き見ると、京都にあるホテルを改装するという企画書を開いていた。そして彼のデスクの上には、以前取りにいったイタリアにあるホテルの改装資料もある。

このホテルも彼が総責任者になって改装工事をするのかしら？

入社してしばらく経つが、取引先の方とお会いする時に宗雅さんにつくのは鮎川さんかベテランの男性秘書の笹原《ささはら》さんばかりだ。残念だけれど私はスケジュール調整や書類作成ばかりで、宗雅さんが外に出る時に秘書として同行できたことはない。というより、私は張り切ると細かいミスをしてしまうので、宗雅さんについてサポートなんて夢のまた夢だと思う。

「あ、ねぇ。これのデータもらえるかな」

「……は、はい！」

肩を落としていると、彼はパソコンを見ながら書き物をしている手を止めて、資料を指さした。いつもの柔らかい表情ではなくとても真剣な表情で指示を出す彼に、つい目を奪われてしまう。ずっと憧れてきた人なので、彼の一挙手一投足を目で追ってしまうのだ。ぼうっとしていたことを挽回しようと瞬時に頭を下げる。

「はい、畏《かしこ》まりました！　すぐ送りまっ、きゃあっ！」

そう言って秘書室に戻ろうとしたら、足がもつれて転びそうになる。ぎゅっと目を瞑《つぶ》った瞬間、体がフワッと浮いた。え？　と思い、目をゆっくり開けると、彼に支えられていた。理解した瞬間、慌てて数歩飛び退く。

「ももも申し訳ございません！」

「いや、いいんだけど……。体調悪い？」

「いいえ、違うんです！　ボーッとしてしまって、本当に申し訳ございません。仕事中なのに……」

私は宗雅さんに頭を下げて、私のせいで散らばってしまった書類を拾った。

彼の下で働きはじめてはや三カ月。仕事中なのにちょっとしたことにときめきが止まらない。彼はいつだって真摯に仕事に向き合っているのに、これでは好いてもらえるどころか仕事ができない秘書の烙印《らくいん》を押されてしまう。

「って、あら。これ……」

拾い上げた紙には、今回の改装を担当する予定のイタリア人インテリアデザイナーの名前と、彼をもてなすプランが消されては書かれ、また消されては新しく書かれた跡があった。

「アベーレ・トラヴィツァさんが、どうかなさったのですか？」

「え？　立花さん、この方のことを知っているの？」

「はい。父方の祖父と懇意にしてくださっている方でして……。この方が京都のホテルにも携わるのですか？　今回も副社長とご一緒に？」

「あ、いや。違うんだ。今回は僕ではないんだけど、イタリアの改装の時に縁があったから、営業部に助けてくれって言われたんだ。少し拗《こじ》れてしまったらしくてね」

営業部に助けてくれと言われた？　拗《こじ》れた？　私が首を傾げると、彼は思案顔で顎に手をやり、困ったように笑った。

助けてって、アベーレおじ様となにかあったのかしら？

彼は父方の祖父が趣味でやっていたデザイン事務所によく出入りしていて、小さい時から私を可愛がってくださった。ちなみに父は入り婿なので、実家は銀行とは違う事業をしている。

昔に比べて会える回数は減ったけれど、今でも変わらず良くしてくださる優しい方だ。

「なにかあったのですか？　あの、もしよろしければ、私にお手伝いできることはないでしょうか？　なんでも仰《おっしゃ》ってください」

「うん、そうだね。実は、彼に内装デザインを依頼した時に、営業の子が彼の意に添わないことをしちゃったみたいで……。元々気難しい人だからね、どうしたら挽回できるか悩んでいたところなんだ。なにかいい方法はある？　君の意見を聞かせてほしいな」

「はい！」

私は初めて彼の役に立てるのだと思い、心が浮き立つようなソワソワした心持ちになった。胸の下で手を組んで小さく息を吐き、ゆっくりと頷く。

「アベーレ・トラヴィツァ様は確かに少し気難しいところがおありですが、慣れると結構気さくな方なんですよ。一度引き受けたお仕事は必ず成し遂げてくださる真摯な方なので、きっと大丈夫です。至急、先程のデータとあわせて、お好きなものや、関わり方、やや ご機嫌が悪い時のお付き合いの仕方をまとめたものをお送りします」

「ありがとう。機嫌が悪い時の付き合い方まで分かるのは、とても助かるよ」

「いいえ、お役に立てて嬉しいです」

頬が緩むのを抑えられなくて、ついつい笑ってしまう。すると、宗雅さんが笑顔で私を見つめたまま、もう一度「ありがとう」と言って握手をしてくれた。すぐに離されてしまったけれど、大きくて温かい手。

宗雅さん……

「立花さんって、何事にも一生懸命だよね。少し慌てんぼうさんだから心配していたんだけど、もう大丈夫そうだ。今回は本当に助かったよ。君はもう僕を助けてくれる立派な秘書だね。これからもよろしく頼むよ」

「ありがとうございます。これからはミスしないように頑張ります」

「あまり気負いすぎないようにね」

「は、はい」

宗雅さんが自分を認めてくれた。その事実に、私はもう心臓が痛いくらいだった。勘違いしてしまいそうだ。彼が本心からそう言ってくれたのが分かるからこそ、私の心は簡単に揺れ動いて彼への想いを募らせてしまう。彼に認められて嬉しい反面、ただの上司と部下という関係が遠くて苦しい。社の一員として優しくされただけなのに、一喜一憂する自分がいる。

いけないわ。せっかく秘書として認めてもらえたのに、彼を失望させたくない。想いを通わせることが目標なのだから……

両想いになれる前に私の好意に気づかれたら、きっと彼は私と距離を置くだろう。そうなったらもう終わりだ。両家の計画も、私の初恋も……

私は「またなにかありましたら、なんでも言ってください」と言って、副社長室を退室した。

◆　◇　◆

「あぁ、もう」

私は肩を落として、バッグの中を覗く。

何度見てもない。中身をひっくり返してみてもない。

「やっちゃった……」

現在、一人暮らし中のマンションの前で、私は独り言《ひとりご》ちた。

鍵がない。コンシェルジュが中にいるので、彼に頼めば部屋に入ることはできるが、会社に鍵を忘れてしまっていることには変わりはない。明日は休みだし、ないと不便だ。

大丈夫だと思うけれど、誰かに拾われたらいやだし……。近いから取りにいったほうがいいかしら。

私は腕時計を見つめた。現在は二十時を少し過ぎたところだった。

「会社……まだ誰かいるかしら。この時間なら大丈夫よね」

ここは父が借りてくれたマンションで、会社からとても近い。走れば五分もかからないと思う。今日は宗雅さんに任せてもらえたことが嬉しくて、定時を過ぎても仕事をしていた。いつも以上に張り切って疲れていたから、おそらくロッカーか秘書室のデスクのどちらかに忘れてきたのだと思う。

いやまあ、褒められたことに浮かれていたせいもあるのだけれど……

「ふぅ」

私は小さく息をついたあと、ひっくり返したバッグの中身を拾い立ち上がった。急いで会社に戻って裏口から入ると、警備員さんが「どうしましたか？」と声をかけてくれる。忘れ物をした旨を伝えると、快く中に入れてくれたので、私は秘書室のロッカールームへ向かった。

どこにあるかしら？　ここにないとするとデスクだけれど……

「あ！　あった！」

自分のロッカーを開けて隅々まで確認すると、鍵は下のほうに落ちていた。もう忘れないようにバッグにしっかりしまうと、私は胸を撫《な》でおろした。

「良かった。これで帰れるわ」

ロッカールームを出ると、ふと気になって副社長室に目をやる。ドアの隙間から光が漏れていることに気づいた私は、一瞬ドキッとした。

宗雅さん、まだ残っているのかしら……

秘書のロッカールームは秘書室の奥にある。そして、その秘書室と続きになっているのが副社長室、宗雅さんのお部屋だ。

手伝えることはないかと思い、私は副社長室をノックした。

「副社長、立花です」

応答はない。もしかすると、灯りを消し忘れているのかもしれない。そう思い、確認のために副社長室のドアノブを回す。すると、鍵はかかっておらずいつものようにドアが開いた。

「副社長、立花です。入りますよ……？」

なんとなく声をひそめながら副社長室の中を覗くと、やっぱり誰もいないようだ。

「施錠忘れかしら？」

宗雅さんは、秘書よりも遅くまで残って仕事をしていることが多いので、いつもご自分で施錠をしている。朝は秘書である私達が鍵を開けて、掃除をしたり準備をしたりするのだけれど……。宗雅さんでもなにかを忘れてしまうことがあるのね。

私は中に入り、誰もいない副社長室を見渡し、宗雅さんのデスクにそっと触れた。いつも仕事をしている空間だけれど、誰もいないせいか普段とは違った空間に思えて、ちょっといけないことをしている気分になってしまう。

「あら」

ふと、応接用のソファーに目をやると、宗雅さんのジャケットが無造作に置かれていることに気づいた。いけないと思いつつも、そのジャケットに吸い寄せられるように触れると、彼の温かみのある甘いホワイトムスクの香りが鼻腔をくすぐる。

「宗雅さん……」

一度も呼べたことのない名を口に出すと、体にゾクッとした痺《しび》れが走った。彼の低い声に耳元で「立花さん」と。ううん、「しずく」と呼ばれたら、私……。そんなことを考えてしまって、なんだか胸がきゅうとなった気がした。

「宗雅さん……」

私、どうかしている。ここは職場で、副社長室で、こんなこと許されないのに。私は背徳感や倒錯感に包まれながら、彼のジャケットに腕を通した。彼に抱きしめられているような感覚に酔い、ジャケットを着たまま自分のことをぎゅっと抱き締める。

「宗雅さん、好き……。好きです。お願いだから、早く私のことを見て」

宗雅さんに抱きしめてもらえたら、愛してもらえたら、私……

「誰かいるのかい？」

その声と共にガチャッと副社長室のドアが開く。

「…………」

「…………」

一瞬、時が止まる。私は着ているジャケットの前を握りしめながら、呆然と彼を見つめた。彼は、ドアを開けた状態で言葉を失ったように硬直している。

「っ⁉」

喉の奥で出そうになった「ひっ」という悲鳴は、実際声にはならなかった。私は慌ててジャケットを脱いで、少しでもその視線から逃れようとソファーの陰にうずくまった。

「ご、ごめんなさい！」

「いや、僕のほうこそごめん……」

少し困ったような声がすぐ近くで聞こえ、私が隠れているソファーがぎしりと鳴った。え？　どうして、ここに座るの？　むしろ、見なかったことにして退室してほしかった。彼の部屋だけれど。おそるおそる顔を上げると、彼は楽しそうに笑っていた。目が合うと、さらに笑みが深くなる。

「副社長……？」

「立花さん、邪魔してごめんね。ほら、僕のことは気にせず続けて？」

「は？　え？」

彼はニコニコと微笑みながら、とんでもないことを言い出した。私が言葉の意味を理解できずに固まっていると、「どうしたの？」と顔を覗きこんでくる。その笑顔はいつもなら見惚れてしまうものだったけれど、今はさながら悪魔のよう。

「ほら、見ていてあげるから続けて？　僕のジャケットを着て、僕に愛の告白をしてくれたんだよね？」

「!?　い、いえ！　副社長、申し訳ございません。わ、私、どうかしていたんです……。あ、このジャケット、お返しします。それでは私はこれで」

ジャケットを突き返して、慌てて逃げようとすると、ぐいっと腕を引っ張られ、ソファーに引き倒される。

「!?」

常にない彼の行動に驚き、思わず目を大きく見開くと、彼の捕食者のような視線と絡み合う。その目が怖くて、視線から逃れるように目を逸らすと、彼は私の顎を掴んで無理矢理顔を自分のほうに向けさせた。

「副社長……」

パサッと、宗雅さんのジャケットが床に落ちた音がする。彼は私の両手をまとめてソファーの座面に押しつけ、のしかかってくる。抵抗しようともがくが、びくともしない。不安げに見上げると、彼は対照的に悠然と私を見下ろし、にやりと笑う。

「副社長じゃないでしょう？　さっきなんて呼んでた？　宗雅。僕の名前を呼んでいたよね？」

指摘されて、胸が跳ねた。私が息を呑むと、宗雅さんは私の頬をなぞる。

「怯えてる？　ごめんね、責めているわけじゃないんだ。ただ、さっきの姿がとても可愛かったから、また見たくて……。ダメかな？」

「っ……」

彼は耳の縁《ふち》を指でなぞりながら、耳元で信じがたいことを囁いた。その言葉で一気に体温が上がる。彼の甘い声と吐息が、どうしようもなく熱くて、恥ずかしいのになんだかゾクゾクしてしまう。彼は押さえつけていた私の手を離すと、体を起こし、私を彼の膝に座らせぎゅっと抱き締めた。背中に当たる彼の胸板に心臓が跳ねた。

「ほら、さっきのをもう一回聞かせて？　次はちゃんと僕の目を見て言ってほしいな」

「い、いえ。ごめんなさい！　先程のは一種の気の迷いというか……。あの、わ、私、そんなつもりじゃなかったんです！　ごめんなさい！」

私はもうパニックだった。彼に好きになってもらう前に自分の恋心がバレてしまってどうしようという思いが、ぐるぐると頭の中をまわる。

「ダメだよ、立花さん。あんなに可愛いことをしていたのに、なかったことにしようって言うの？　そんなこと絶対に許さないよ。ああ、ジャケットが必要かな？　立花さんが僕のジャケットを着ているところ、すごく可愛くて思わず固まっちゃった」

首を横に振りながら身を捩《よじ》る私の手を取って、彼は手の甲にチュッとキスをした。

えっ!?　今のなに？　なにが起こったの？

動揺しすぎて状況をうまくのみこめない。理解が追いつかない。

「副社長……？」

「ねぇ、立花さん。お願いだから、もう一回言って？　君の可愛い口から、ちゃんと聞きたいんだ」

聞いてどうするんですか？　と聞いてみたかったけれど、声が出なかった。彼は私のことを好きじゃないはずだ。まだふられたくないという思いが、ぐるぐると頭の中をまわる。

「ごめんね、泣かないで。立花さんも僕に見られてびっくりしたんだよね。ちょっと落ち着こうか？　ゆっくり話をしたいからコーヒーでも淹《い》れるよ」

彼は私の頭を撫でて、優しい声音でそう言う。彼の言葉で泣いているのだと気づいた私は自分の頬に触れた。確かに頬は涙で濡れている。

私、最悪だ。勝手に宗雅さんのジャケットを着て好きだと言っただけでなく、ただ真意を確かめようとしている彼の前で泣くだなんて……。呆れられたに決まっている。

でも、いつから好きなのかと聞かれたら、正直に答えてしまいそうでこわい。中学生の時からだなんて言ったら、私がどこの家の娘かも分かってしまうだろう。家が決めた婚約者候補が正体を隠して自分に近づいていたなんて知ったら、彼はきっと軽蔑するに決まっている。そうなれば彼はコーヒーでも飲みながら、私に最後通牒《さいごつうちょう》を下すのだ。

でも、そんなのいや。そう思った私は、彼がコーヒーを淹《い》れるために膝から私をおろした隙に、ドアのほうに走った。

「え？　立花さん？　待って！」

「ごめんなさい、副社長っ！　きゃあっ!?」

「危ないっ！」

◆　◇　◆

なんだか温かい……

じんわりと伝わってくる温もりが心地良くて、私はその温もりを求めるように手を伸ばしてぎゅっとしがみついた。あまりの心地良さに、思わず口元が綻《ほころ》ぶ。

「温かくて気持ちいい……」

「それは良かった」

まだ夢見心地の私の頭を誰かの手が撫で、そのまま梳《す》くように髪に指を通した。その感覚と声にハッとし、おそるおそる目を開けると、目の前には宗雅さんがいた。彼は片肘をつきながら楽しそうに笑っている。

まだはっきりしない頭が、一気に現実へと引き戻され、大きく目を見開いた。そして、弾《はじ》かれたように体を起こし、ずさーっとベッドの上を後退する。

「えっ、どうして副社長が？　ここは？」

どうして？　私、確か……

「ここは僕の家で、寝室のベッドの上かな。逃げようとした君が盛大に転んで気を失ったから、連れて帰ってきたんだ。どう？　ぶつけたところは痛くない？　病院は大袈裟《おおげさ》だと思ったから連れていかなかったんだけど……」

「え？　え……えっと……」

そういえば私、副社長室で宗雅さんのジャケットを勝手に着て好きだって言っているところを彼に見つかって……。思い出すと血の気が引いていく。わ、私ったらなんてことを……。本当にあの時はどうかしていた。自分で自分の行動が理解できない。宗雅さんは私のこと、どう思ったのかしら？　呆れたわよね、やっぱり。

私が混乱していると、彼がゆっくりと体を起こした。その動きに体がびくっと震える。

「まだ二十三時だから、起きるのは早いよ。朝まで寝る？　それとも、お腹が空いたかな？　夕食、まだだよね」

「えっと……」

「はは、その前にちょっと落ち着いたほうがいいか。温かいお茶でも淹《い》れるよ。先に行っているから、あとからリビングにおいで。但し、次は転んだりしないようにゆっくりね」

「は、はい」

私が頷くと、彼は私に背を向けて寝室を出ていった。

彼の姿が見えなくなった瞬間、一気に「どうして？　なんで？」という疑問が湧き出てくる。彼は自分に寄ってくる女性をすべて遠ざけていたはず。家が絡む縁談だって……。あんな現場を見られたら、女性にクールだという彼なら即クビにしていてもおかしくない。先輩にも、副社長は優しいけれどそういうところは厳しいので気をつけてと言われていた。それなのに、なぜ私は彼のマンションにいるの？

考えても分からない。分かっているのは宗雅さんに、私の気持ちがバレてしまったということだけだ。でも、連れ帰ってくれたということは、まさか脈あり？　そこまで考えてかぶりを振る。

私が逃げて転んだから、その話ができなかったんだ。だからきっと、リビングに行けば、優しくて冷たい声音で「ああいうのは迷惑なんだよね」と今度こそ引導を渡されるに違いない。

「…………」

振り向いてくれない人を思い続けるのはつらい。父には悪いけれど、いっそ今日までのことを思い出にひっそりと生きていくのも悪くない。そのためにも引導を渡してもらって……。私は唇を噛んだ。関係を始めることもできずに、終わりを告げられるのはつらいが、仕方ない。

でも秘書のお仕事だけは続けさせてほしいな。せめて彼の役に立ちたい。

「でも、そんなの虫のいい話よね」

はぁっと深い溜息をついて、自分の胸元に目を落とす。すると、私は着ていたスーツを着ておらず、代わりに彼のカッタウェイシャツを着ていた。

キョロキョロと部屋を見渡すが、クイーンサイズのベッドとお洒落《しゃれ》な間接照明が目に入るのみで、私の服らしきものは見当たらない。

どうしよう。私はモジモジと裾を引っ張りながら、言われた通りリビングへ向かうことにした。これ以上、彼を待たせるわけにはいかない。でも、私……下着の上に彼のシャツしか着ていない。彼が着替えさせたということよね？　じゃあ、まさか、まさか、腕の傷を見られた？

「顔が赤いね。まだ落ち着かない？」

リビングに入ると、お茶を淹《い》れてくれていた宗雅さんが、微笑みながら近寄ってくる。

気まずくて目を逸らしたのに、「ん？」と顔を覗きこんできた。

「ほら、ソファーに座って？　お茶でも飲もう。あ、お腹が空いているなら、なにか作るよ。と言っても、簡単なものになるけど……」

「いえ、大丈夫です！　ありがとうございます」

そんな滅相《めっそう》もない。逃げようとして気を失ってしまった私を家に連れて帰り、世話をやいてくださっただけでもありがたいのに。土下座を通り越して五体投地してお礼を言いたいくらい。スカートを穿《は》いていないので、もちろんできないけれど……

私は深呼吸をしたあと、戸惑いながらも彼の隣に少し距離をあけて、ちょこんと座った。だけれど、彼は困ったように笑い、空いたスペースをぽんぽんと叩く。

「もう少し近くにおいで」

「えっ？　ですが……」

「ダメだよ。ほら、おいで」

「きゃっ」

ぐいっと腰を掴まれて、引き寄せられる。胸に飛びこんでしまって、慌てて飛び退こうとするが、がっちりと腰を押さえられていて離れられない。

「あの……副社長？」

「宗雅でしょう？　もう忘れたの？　ほら、これでも飲んで落ち着きなさい」

「は、はい。ありがとうございます……」

彼がテーブルに置いたカップを指差したので、お礼を言った。

こんな恥ずかしい恰好で宗雅さんの隣にいるだなんて……

少しでも隠したくてシャツの裾を引っ張る手に、彼の手が重ねられる。

「ごめんね。スーツは皺《しわ》にならないようにかけてあるよ。シャツは今洗濯中かな。今日は泊まるだろうから洗っておいたほうがいいかなと思って」

「い、いえ。ありがとうございます」

先程のことをまた思い出してしまって、顔に熱が集まってくる。私が熱くなった顔を隠すために俯《うつむ》くと、宗雅さんは「立花さんは可愛いね」と笑う。

もうこのやり取りだけで、私の心臓は爆発寸前だ。

「これからはここで過ごす時間が増えてくるだろうし、自宅から君の服を何着か持ってくるといいよ。あ、それとも新しく買おうか？　そっちのほうがいいかもね」

「え？」

「それとも、もう一緒に住んじゃう？」

ええっ？

あまりにも普通のことのように言われて面食らう。それなのに、彼は「そうだ、それがいい。早速、明日にでも荷物を運ぼう」と言っている。

待って、待ってほしい。展開についていけない。

「待ってください、副社長。先程のことは大変申し訳ございませんでした。ですが、その……一体どうしたんですか？」

「え？　だって、君は僕のこと好きなんだよね？　僕のお嫁さんになりたいんでしょう？」

「え……？」

図星をつかれて、硬直する。それどころか手先から冷たくなっていくような感覚に襲われた。あれだけのことを本人の前でしたのだから、仕方ないと俯《うつむ》く。

「副社長……」

「たちばな銀行創業者一族のお嬢さん。立花しずく。僕のお嫁さん候補……」

今、なんて……？

予想もしていない言葉に、私の胸がドキンと跳ねた。でも、それ以上に血の気が引いていくのを感じて、私は気がつくとソファーの上で土下座をしていた。

「も、申し訳ございません、私……」

「いいよ、謝らなくて。父達の算段には初めから気がついていたよ。大体、父の一存で急に入社したんだから分かるよ。分からないほうがおかしいと思わない？」

「……そ、それは」

ぐうの音も出ない。私は土下座したまま肩を落とした。ソファーの座面に頭がついてしまうくらい項垂《うなだ》れてる。

「僕としては、いつ誘惑してくれるのかなと思って待っていたんだけど、三カ月経っても一向になにも言ってこないから驚いたよ。正直なところ、困惑したかな。まさか君は乗り気じゃないのかなと考えを巡らしていたら、今日のアレだろう？　僕としたことが、面食らってしまったよ」

あははと笑われて、引いたはずの血の気が戻り、次はどんどん熱くなっていく。体中の血が沸騰《ふっとう》しそうなくらい、私、今顔も全身も茹《ゆ》で蛸《だこ》な気がする。でも逃げないで、ちゃんと話をしないと。そう思い、おそるおそる顔を上げて彼を見つめる。

「ふ、副社長はご迷惑じゃないんですか？　来る縁談をすべて断っていると聞きましたが」

「うん、そうだね。だって、僕は学生の時からずっと君が好きだったんだ。ほかの女性とは結婚するつもりなんてないからね」

「あ、そうなんですね……」

そう答えたあと、彼の言葉を心の中で反芻《はんすう》する。そうしたら、彼の言葉の意味を理解した。

「えぇっ⁉」

私が驚いて飛び退くと、彼はクスクスと笑った。

「君は覚えていないかもしれないけど、中等部と高等部の合同練習試合。僕、そこにいたんだよね。これでも、高等部の部長だったんだよ」

「お、覚えております！　とても素敵でしたから！」

「ふふ、ありがとう。嬉しいなぁ。僕も君を素敵だと思ったよ。弓を握った途端に雰囲気が変わって、一瞬で目を奪われた。とても五歳も年下とは思えない大人びた表情と雰囲気。艶やかな黒髪をポニーテールにして綺麗にまとめている姿がなんとも言えず扇情的で……君を取り巻く独特な雰囲気すべてに興奮したよ。君の適度に引き締まったしなやかな肢体、それに触れてみたいとずっと思っていた……」

私は唖然とした。予想もしない言葉の数々に口をポカンと開けて、硬直する。宗雅さんは目を細めて、私の頬に触れた。

「それなのに、君は突然弓道部をやめてしまっただろう？　もう会えないのだし忘れようと思っても忘れられなくて……。もう十一年も経つのに、自分でも頭がおかしいと思ったよ。本当にどうしようかと考えあぐねていた時に、君との縁談が持ち上がったんだ。いつも僕が断るものだから父達は僕に隠して、先に会わせて断れないようにするつもりだったみたいだけど、バカだなぁ。今回ばかりは断ったりしないのに。だから、分かった？　僕は君が好きなんだ。僕と結婚してくれる？」

「え……？　は、はい。で、でも、本当に？」

「本当だよ、もう絶対に離さない。二度と僕の側から消えちゃいけないよ。君はあの時から、ずっと僕のものなんだよ」

彼の言葉にえも言われぬ拘束力のようなものを感じて、私はこくっと頷いた。すると、「いい子だね」と抱き締められる。そして、ゆっくりと唇が重なった。その唇の感触と確かに感じた体温に、私はそっと目を閉じて、そのキスを受けとめた。

「んっ、ふぁっ……っ」

顔の角度を変えて、深く唇が重なる。そのまま唇を吸われ、口の中が宗雅さんの舌でいっぱいになる。彼の舌が上顎をなぞるだけで、ゾクゾクした。縋《すが》るように彼の背中に手を回す。

貪るように求められると、気持ち良さ以上に、嬉しくて体が高揚していく。ずっと好きだった人が自分に触れている。キスしている。それどころか、自分も好きだと言ってくれる。それが、泣きそうなくらい嬉しい。

「可愛い。ねぇ、しずくって呼んでいい？」

「はい。嬉しいです……」

「ずっと好きだったけど、僕みたいな男が君に相応《ふさわ》しいか分からなかった。だけど、君が自ら僕の手に堕《お》ちてくるなら、もう二度と離さないよ。しずく、愛している」

「わ、私も愛しています！」

私だって、ずっと好きだった。十一年間、ずっと秘めていたこの想いを受け入れてもらえる日が来るなんて……。彼の言葉に、「私こそ、宗雅さんに相応《ふさわ》しくあれるように頑張りますね」と微笑むと、彼の手が私の瞼《まぶた》を覆《おお》った。閉じなさいって意味だと思い、目を閉じると、ゆっくりと唇が重なる。先程のような舌を絡ませ合うような激しいキスではなく、触れ合うだけのキスなのに、胸がドキドキと高鳴っているのが分かった。

「しずく……」

唇が一瞬だけ離れ、吐息混じりに名を呼ばれて、また重なる。二人の間に距離がなくなったんじゃないかと思うくらい、ぴったりと唇が合わさり、抱き締められる手に力が込められると、クラクラと眩暈《めまい》がした。

「可愛いね、しずく。キスだけでもうとろとろだ」

「っあ、あっ、む、宗雅さんっ」

宗雅さんは体勢を変え、私に被さるような形でソファーに片膝を乗せた。その片膝が脚の間に触れると、ショーツ越しなのに体が強張ってしまう。普段は甘やかな顔が、今は意地悪そうに私を見ている。彼のこんな顔を見られる特別感に酔いそうだ。

「あの……私、初めてなんです。だから、その……どうしていいか分からなくて、優しくしてくださると嬉しいです」

私が懇願するように見ると、彼の手が私の腰にまわる。その手の想像以上の熱さに、体が震えた。

宗雅さんなら、ちゃんと分かってくれるはず。そう想いを込めて、彼を見つめる。すると、安心させるように微笑んでくれた。

「そんなに不安そうにしなくても大丈夫だよ、ちゃんと分かっている。ずっと僕だけを見ていてくれたんでしょう？」

「はい！　ずっと、ずっと好きでした！」

「嬉しいなぁ。あ……でも、ここを自分で慰めてはいたのかな？　僕のことを考えて」

「!?」

シャツ越しに下腹部をツーッと指でなぞりながら問われて、恥ずかしさに目をそらすと、「あは、図星？」と揶揄《からか》うように笑われた。

「もちろん、僕を想って……だよね？」

「いえ、あの……宗雅さんのことをずっと想ってはいましたが、そんなことは恥ずかしくてできなかったです。ごめんなさい……。でも、したほうがいいなら、頑張ります」

「やだな、謝らなくていいし一人で頑張らなくてもいいよ。本当にしずくは真面目で何事にも一生懸命だね。そこがとても可愛くもあり好ましくもあるよ。なにも知らないなら全部僕が教えてあげるから、身を任せてくれるね？」

「っんぅ、は、はい。嬉しいです」

囁かれながら、耳朶《みみたぶ》を食《は》まれ、ツーッと耳の縁をなぞられると、息が上がった。「しずく」と名を呼びながら、彼の手が私の胸の膨らみをなぞる。そして、シャツのボタンをゆっくりと外した。空気が肌に触れ、肩を揺らすと、「大丈夫、怖くないよ」と宥《なだ》めるように額《ひたい》にチュッとキスを落とされる。

優しい……

「あぁ、可愛いな。可愛すぎるよ。十一年分の想いをぶつけてしまいそう……」

「ぶつけてください……」

嬉しい。むしろぶつけてほしい。一度受け入れてもらえると、どんどん欲張りになっていく。すると、私の返事に、彼は困ったように眉根を寄せた。

「ダメだよ。しずくは世間知らずのお嬢様だから分からないかもしれないけど、男はオオカミなんだよ。そんなふうに煽《あお》ったら、食べつくされちゃうよ」

「……食べつくされたらダメなんですか？」

「………………」

よく分からないけれど、食べちゃいたいくらい好きってことよね、多分。

私の言葉に、宗雅さんは一瞬言葉を失ったように固まって、そのあとあはっと噴き出すように笑った。

「む、宗雅さん？　私、変なこと言いましたか？　こういうことは不慣れで、正しい答え方が分からなくて……」

「いや、大丈夫だよ。でも、しずくからお許しが出たんだし、遠慮なく美味しくいただいちゃおうかな。あーあ、しずくは処女なのに。僕みたいな男に捕まって、抱き潰されるなんて可哀想に。でもいいよね？　君は僕を愛しているんだもんね」

「え？　は、はい……」

途中から宗雅さんの声が低くなって、よく聞こえなかったが反射的に頷く。彼が嬉しそうに笑ってくれたので、正解だったのだろう。宗雅さんの愛を受けたい方は、きっとたくさんいて……私もその内の一人だ。彼の愛を乞えるなら、きっとそれが酷いことでも耐えられると思う。

彼はシャツの上からゆっくりと胸を揉むと、「可愛いね」と言ってまた唇を合わせてきた。シャツ越しでも胸の先端を指の腹で擦られると、服一枚隔てているのになんか変だ。甘い刺激が触れられていないお腹の奥を疼《うず》かせる。

「あっ……ふ、ぁ、んぅ」

重なる唇の隙間から、甘い声が漏れた。その声をさらに引き出すように、口の中を彼の舌が蹂躙《じゅうりん》する。まるで、口から全身を侵食されているかのようで、なにも考えられなくなっていく。私が彼の服をぎゅっと掴むと、キスをしている唇が離れて、彼の唇が一瞬弧を描いた。その表情に目を奪われた瞬間、先程ボタンを外されたシャツの隙間から手が入ってくる。

「あ……っ」

シャツの隙間から入ってきた手がブラの中に入りこみ、両方の胸を揉む。痛いくらいに立ち上がった胸の先端を彼の指が掠《かす》める刺激に体を震わせると、彼は左右同時にきゅっと胸の先端を摘《つま》み上げた。

「ひうっ」

突然の刺激に思わず大きな声が出てしまって恥ずかしい。慌てて自分の口を手で覆《おお》うと、彼が胸の先端をクリクリと弄《いじ》りはじめた。

「しずくの可愛い胸の飾り、両方同時に触られて気持ちがいいね。でも、いけないよ。声、我慢しちゃ。ほら、聞かせて？」

「でも、恥ずかしくて……」

「じゃあ、恥ずかしがり屋なしずくに課題を出そうかな」

課題……？

よく分からなくて口を手で覆《おお》ったまま、首を傾げると、宗雅さんが嗜虐的《しぎゃくてき》に笑った。

「そう。恥ずかしいことに慣れるように、しずくの体が今どうなっているか言えるようになるまで練習しよう。大丈夫、すぐにできるようになるよ。言えないと、どうなるか体にちゃんと教えこんであげるから」

「えっ？」

私の体が今どうなっているか？

予想もしなかった言葉に目を大きく見開く。その瞬間思わず、ふるふると首を横に振っていた。

「んぅっ」

　すると、宗雅さんが咎《とが》めるように胸の先端をきつめに摘《つま》んだので、私は背中をわななかせた。

「ダメだよ。ほら、教えて。しずくはいい子だからできるでしょう？」

　そんな……。大きな声が出てしまったことが恥ずかしくて口を押さえただけなのに、こんなことになるなんて。でも、なんだか逆らえない。逆らってはいけない不思議な拘束力を感じて、私は俯《うつむ》きながら心を決めた。

「ほら、言ってみようか？　しずくは僕に両方の胸を触られて感じているんだ」

「～～～っ、わ、私は両方の胸を触って、いただいて……か、感じています……」

「感じてどうなっていると思う？　プックリと立ち上がって、僕に触られて悦《よろこ》んでいると思わない？」

「っ、は、はい。プックリと立ち上がって……む、宗雅さんに、触っていただけて悦《よろこ》んでいます」

　～～～っ。は、恥ずかしい。

「悦《よろこ》んでいるんだ？」

「は、はい……」

「ふぅん。なら、もっと僕に触ってほしい？」

焦らすように彼の指が私の体をなぞる。自分の口で言うようにと無言の圧を感じて、私は恥ずかしさで泣きそうになりながら頷いた。

「はい、お願いします。もっと触ってください……」

私、今茹《ゆ》で蛸《だこ》のように真っ赤だと思う。恥ずかしさで死ねるなら、私もう死んでる。

おそるおそる彼を見上げると、楽しそうに私のことを見ていた。彼の表情はまさしく私を求める男性の顔だった。彼のそんな表情を見た瞬間、ドクンと心臓が跳ねる。

「宗雅さん……」

私が揺れる目で彼を見つめると、「いい子」と短く言った彼の手が私の頬を撫でた。

私を褒める手にどうしようもなく下腹部が疼《うず》いた私は、もう彼の手の内に堕《お》ちているのだろう。

「可愛いよ、しずく」

宗雅さんに、唇が触れそうなくらい近い距離で与えられる刺激に感じている顔を見られている。熱い眼差しにすべて見られているのが恥ずかしくて、私はぎゅっと目を瞑《つぶ》った。

「しずく、目を閉じちゃいけないよ。ちゃんと僕のことを見て？　僕になにをされているのか、目を開けて、ちゃんと見るんだ」

「っはい、ひあっ、あっ、あ……っ」

耳元で、吐息混じりに囁かれる。彼の低くて腰に響くような重い声が鼓膜を揺らして、それがまた体を跳ねさせる。彼が私の反応を楽しむように、胸の先端を少し引っ張って指の腹で捏《こ》ねる。その絶妙な加減に甘い声が止まらない。

恥ずかしいけれど、声は我慢しちゃダメ。我慢すると、また恥ずかしいことを言わされちゃう……。私はぎゅっと宗雅さんの服を掴んだ。

「んんぅ、あっ……は、っ、ふあ、あっ」

「可愛いね、しずく。胸、気持ちいいんだ？」

「ふあ、あっ……」

「返事」

「ひゃんっ」

宗雅さんは短くそう言うと、少し強めにぎゅっと摘《つま》み上げた。その強い刺激に体を仰け反らせ、目を大きく見開くと、彼はもう一度「しずく、返事は？」と囁いて、耳の中に舌を差し入れた。

「き、気持ちいっ、です……ひゃう、っぅ、んんっ」

「いい子だね。じゃあ、もっと気持ち良くしてあげるね」

彼は私の返事に満足そうに笑って、両方の胸の先端を捏《こ》ね回しながら私の唇を舐めた。ひっきりなしに甘い声を上げている私は口がだらしなく開いたままで、その口に舌を差しこまれ搦めとられる。胸を触る彼の手も、口内を蹂躙《じゅうりん》する彼の舌も熱い。すべてがどうしようもなく気持ちいい。

「しずくは快感に素直で、いやらしい子だね。僕、そういうところ大好きだよ」

いやらしいと言われて恥ずかしい反面、そういうところが大好きと言われて喜んでいる自分がいる……。ちょっと複雑だけれど、嬉しい気持ちが勝ってしまう。私は宗雅さんになら、いやらしいと思われてもいいのかもしれない。

ひっきりなしに与えられる快感に翻弄されながら、ぼんやりとそんなことを思った。

私が「嬉しい」と言うと、彼は「いい子だね」と言いながら、熱のこもった目で私を見つめ、足元に膝をつく。

「ああ、しずくの胸は柔らかいな……」

宗雅さんはソファーに座っている私の脚の間で膝立ちになり、胸を下から持ち上げるように揉んだ。その快感に彼の頭を抱えるように縋《すが》ると、柔らかな髪が頬をくすぐった。

ずっと触ってみたかった。やや癖のある茶髪。

彼の髪に撫でるように触れると、柔らかくて指通りのいい髪が気持ち良かった。その手触りのいい髪を梳《す》くように指を通すと、彼がくすぐったそうに笑う。

「僕の髪、気に入った？」

「はい。とても柔らかくて触っていて気持ちいいです」

「そう？　僕もしずくの髪好きだよ。黒くて艶々していてサラサラで……。僕のシャツにその黒髪がよく映える。着せてみて正解だったな」

彼の褒め言葉に照れて視線をそらすと、彼が耳元で「ねぇ、その髪を乱している君が見たいな」と言った。

「〜〜〜っ」

その言葉に体温が著しく上がった気がして、戸惑いながら宗雅さんを見ると、彼は悪戯《いたずら》っぽく口角を上げた。

「ああっ！」

そして、「可愛い」と言いながら、さんざん弄《いじ》った胸の先端を口に含む。私がその刺激に体を震わせると、舌で包みこむように舐めて扱《しご》かれた。

「ひう、あっ……やぁ、待っ、んんぅ」

私はソファーの背凭《せもた》れに体を預け、私の反応を楽しそうに見ながら胸に吸いつく彼の肩あたりをぎゅっと掴む。

これダメッ、気持ちいいの……

「あっ……あんっ、んぅ」

まるで誘うように上目遣いで胸の先端を弄《もてあそ》ぶように舐められて、恥ずかしいのに目を逸らせない。

「舐めていないほうの胸、寂しいよね。ここも弄《いじ》ってあげるね」

「ぁあっ、んんぅ……む、宗雅さっ」

宗雅さんは舐めていないほうの胸を揉み、指の腹で胸の先端を捏《こ》ねた。それも気持ち良くて、反射的に目を瞑《つぶ》ると、彼の手が太ももを撫ではじめる。最初は外側を撫でていた手が、スルッと内側を滑る。段々と脚のつけ根に迫ってくる手に、私は少しの怖さと、それ以上の期待感で体が震えた。

「しずく。僕が触りやすいように、自分で脚を開いてごらん」

「っ……」

そ、そんな……。そんなこと、できない……

恥ずかしくて、中途半端に脱げているシャツの裾を掴んで動かないでいると、彼に「しずく」と低い声で咎《とが》めるように呼ばれて、胸の先端に歯を立てられた。

「痛っ……」

痛くて身を竦《すく》めると、宗雅さんが「分かっているよね？」と視線で訴えてくる。その目がまるで私を捕食するようで、蛇に睨《にら》まれた蛙のように動けなかった。

「しずくはいい子だから、できるよね？　それとも、しずくは僕に触ってほしくないの？」

「っ、さ、触ってほしいです……」

「なら、どうすればいいの？」

「っ」

声音は優しいのに命じられているようで、私はソファーに両脚を乗せておずおずと脚を開いた。

うう、恥ずかしい。恥ずかしくて死んじゃいそう。

宗雅さんはしばらくなにも言わずに私をジッと見つめる。その視線にまるで犯されているような気分になり、恥ずかしくてたまらなくて、彼の目から逃れるようにぎゅっと目を瞑《つぶ》った。

「しずく。目をちゃんと開けて、現状と向きあわないといけないよ。今、しずくは僕に見られて恥ずかしいのに感じているんだよね？　ほら、触っていないのにとろとろとあふれてくるよ」

「〜〜〜っ！」

その言葉に慌てて脚を閉じようとすると、宗雅さんは脚のつけ根をぐっと押さえて、さらに開かせた。そして、身を屈《かが》めて脚の間に顔を近づける。

「やっ」

宗雅さんの息遣いが分かってしまうくらい近い。

恥ずかしいところを至近距離で見られて私は泣きそうだった。いえ、もう泣いてる。だって目尻に涙が溜まっているもの。

「おねがい……しますっ。そんなに見ないで……」

「違うでしょう？　見てくださいだよ、しずく。ほら、言ってみて……」

そ、そんな……

まるで間違いを正すような優しい声音で訂正される。見ないでほしいのに、えも言われぬ拘束力を感じる。

許して、と見つめても許してくれそうにない。宗雅さんはとても優しそうな笑みを浮かべているが、私が彼の望む言葉を口にするのを待っている。そんな彼に、私は彼の望む言葉を口にした。

「み、見て、っ……。やだぁ。どうして……そんなに辱《はずかし》めるようなことばかり言うんですか？　わ、私は普通がいいのに、初めてで怖いのに、恥ずかしいのに……私……私……」

声が震える。覚悟を決めたはずなのに、実際はそんなことなくて、恥ずかしくてたまらない。彼の恥ずかしい言葉の数々に目尻に溜まっていた涙がぽろぽろとこぼれ落ちた。

そんな私を見て、彼は私の隣に座ってぎゅっと抱きしめてくれる。

「ごめんね。ちょっとやりすぎちゃった。そうだよね……初めては優しくがいいよね。ごめん、しずく。泣かないで？　僕、君に好きだと言ってもらえて、こうやって触れあえて、嬉しくて……余裕を失ってしまったみたい」

何度も謝りながら私の背中を優しくさすってくれる宗雅さんに、私はホッと息を吐いた。

「む、宗雅さんも、余裕を失うこと……あるんですか？」

私が目をぐしぐし擦りながら問いかけると、彼は目を擦っている私の手を掴んで優しく唇で涙を吸い上げた。

「当たり前でしょう。僕は君に溺《おぼ》れた、ただの男だよ。それに僕、ちょっとSの気があるんだ。でも良くないね。もっとゆっくりじゃないと」

「S……？」

Sってなにかしら？

「しずくを困らせたいわけでも怖がらせたいわけでもないから、気にしなくていいよ。追々受け入れてもらうけどね」

彼の言葉の意味が分からなくて首を傾げていると、彼は優しく私の頭を撫でてくれる。でも、「それって、どういう意味ですか？」とは聞けない。なんとなく、そんな雰囲気ではない気がして、私はあとで調べてみようと決めてただ頷いた。

「今日はしずくが怖くないようにしようね。それと痛くならないように、ゆっくり慣らそう」

「え？　な、なに……？」

宗雅さんはそう言うと、またソファーから下りて私の脚の間に陣取る。彼の行動の意図をはかりかねていると、彼の顔が近づいてきて私の濡れた花弁を舌で割り開くように舐め上げた。

「やっ、そ、そんなところ……やぁっ、待って、ああっ」

驚きのあまり、慌てて逃れようと身を捩《よじ》る。でも、がっしりと押さえられているせいで、腰をくねらせることしかできなかった。彼は、震えるように開いて愛液を垂らしている蜜口のまわりを焦らすように舐めてから、ジュルッと愛液を啜《すす》る。

「あっ……」

少しの快感も取りこぼすのを許さないとばかりに、跳ねる腰を押さえながら花芽に吸いつくので、私は腰を突き出すように体を仰け反らせてしまった。

やだ。こんなの、おかしくなっちゃう。

宗雅さんは薄皮を剥いて、集中的に花芽をコリコリと舌で包むように舐めて転がす。

「ひあぁっ、あっ……宗雅さんっ、宗雅さんっ……やっ、それダメッ、ふああっ」

味わったことのない強烈な刺激に髪を乱しながら、快感に溺《おぼ》れた。彼は「痛くならないように、ゆっくり慣らそう」と言ったけれど、こんな恥ずかしいことが慣らすことに繋がるのか、よく分からなかった。

中からどんどん、はしたないものがあふれてこぼれて……やだやだ、止まらない。どうしよう。

「すごいね。しずくのここ、とても甘いよ。それにすごくいい香りがする。あふれてくる蜜も甘くて美味しいから、もっと飲みたいな。ほら、出して？」

「ふあぁぁっ」

出す？　出すって、出すって……

彼は、そんなことを言いながら、中に舌を差しこんだ。私は彼の行為と気持ち良さと恥ずかしさで、もうパニックだ。けれど、彼が出してと促さなくても、私のあそこは勝手に愛液をあふれさせて止まりそうにない。

「こんなのやだぁっ……舌挿れちゃ、ひあぁっ」

「しっかり濡らしてほぐしておかないと、あとでつらいのはしずくなんだよ。もうちょっと我慢しようね」

そんなところで喋らないでっ！

私は自分では処理しきれない感覚を持てあまし、大きく見開いたままの目から大粒の涙をこぼした。

熱くて気持ちが良くて、でも恥ずかしくて甘く苦しい。彼の手や舌は甘い神経毒のように、私の体に染みこんでいく。

「えっ、やぁっ、変っ、なにかきちゃうの！　やだやだ、ああ――――っ!!」

たとえようのない強い快感が自分の体を走って、一気に積み重なっていた熱から解放された。私がぐったりと弛緩した体をソファーに預けて肩で息をしていると、彼は唇についた愛液をぺろっと舐めて微笑んだ。

「上手にイケたね。とても可愛かったよ」

褒めるように額《ひたい》にキスが落ちてくる。それが温かくて、私はそっと目を閉じて彼の優しいキスを受けた。

今のがイク……？

「慣らすために少し指を挿れるよ。痛かったら言ってね」

その言葉と共につーっと花弁の割れ目をなぞられ、中に指が一本入ってくる。そのまま、中を探るように指が動いた。たくさん濡れているせいか痛くなかったことにちょっとホッとする。

「やっぱりきついな。痛くない？」

「んっ、はぁっ……い、痛くない、ですっ」

「そう？　ならいいんだけど……。ちゃんと痛かったら痛いって言ってね。我慢はダメだよ」

宗雅さんの言葉にこくんと頷く。けれど、私に触れる手がとても優しいので、本当に痛くなかった。私の反応を見て、ゆっくりと小刻みに動かしながら指を沈めてくれる彼の気遣いが嬉しくてたまらない。私が彼を見つめると、目を合わせて微笑んでくれる。

「可愛いね、しずく。大丈夫。怖くないよ」

「あっ……んぅ、ふぁっ、は、はい……痛いのは、怖いです……で、でも、宗雅さんなら、大丈夫」

「僕なら大丈夫って……そんなふうに簡単に信用しちゃいけないよ。努力はするけど、完全に痛みを取り除いてあげられないんだから」

彼の困ったような言葉に私はふるふると首を横に振る。

初めては痛い。それは知識として知っている。だから仕方ないことだっていうのも分かってる。それよりも、少しでも私が痛くならないように気を遣ってくれる彼の優しさが嬉しいの。

「大丈夫です……。宗雅さんのものにしていただく痛みなら嬉しい痛みです。耐えられます。ううん、耐えさせてください」

「っ、ああもう。それ無自覚でやってる？　可愛いなぁ。これでも必死で抑えているんだから、煽《あお》らないでよ……」

煽《あお》っているとか、そういうつもりは断じてなくて、本当にそう思ったからなのだけれど、なにかいけないことを言ってしまったのかしら？

私が首を傾げながら彼をジッと見つめると、彼は頷きながら一度指を引き抜いた。

「初めてのときは、経験したことのない感覚も体験することになる。それが『初めての男』を忘れられないって現象に繋がると僕は思っているんだよね。だから、たくさん気持ち良くなって、しっかりと記憶にも体にも刻みつけようね」

「は、はい……。ですが、宗雅さんは私にとって初めてであり、最後の人ですよね？」

私がキョトンとした顔で問いかけると、彼が小さく目を見張る。

彼の口ぶりだと、この初体験を良い思い出にして『僕を忘れないで』と言っているようにも聞こえる。けれど、私は彼以外考えられない。この先も絶対に彼だけを好きでいる自信がある。

「む、宗雅さんがどうかは分かりませんが、私はこれから先も貴方が好きです。だから、わざわざそんな現象を起こさなくても忘れたりしません。十一年間ずっと好きだったんですよ」

「ああ、本当に敵わないなぁ」

宗雅さんは小さく言いながら、私にぎゅっと抱きつく。そして、「僕もしずくだけだよ。しずくだけだ」と私の首筋に甘えるようにすり寄った。

「愛しているよ、しずく。僕のこれから先の未来を君に捧げると誓うよ」

「は、はい！　私も！」

そう答えると彼は額《ひたい》をこつんと合わせて嬉しそうに笑った。その笑顔を見ているとトクントクンと胸が高鳴って多幸感が私を包む。

宗雅さん、好き。大好き。

「ねぇ、しずく。そろそろ続きをしていい？　僕、もう我慢できないかも」

「え？　はい！　ふあ、あっ」

反射的に元気良く頷くと、彼はクスッと笑って私の中にまた指を挿れた。そしてぐるりと掻きまわす。その刺激に仰け反ると、彼が満足そうに笑った。蜜口からは彼が指を動かすたびに、クチュクチュといやらしい音がして愛液があふれてくる。そのせいでさらに音が大きくなって恥ずかしい。恥ずかしいけれど、こうやって好きな人に体の中まで触ってもらえるのは嬉しくて気持ちいい。先程までは、受け入れてもらえないと思って不幸のどん底にいたのに、今は幸せいっぱいだ。こんなことなら、怖がらずにもっと早く気持ちを伝えていれば良かった。そんなことを考えながら、彼にぎゅっとしがみついた。

「ああっ……は、っ……やぁ、あっ」

「ねぇ、しずく。そろそろ慣れてきただろうし、練習を再開しようか？　しずくの体は今どうなってるの？　ちゃんと教えてくれないと、しずくがちゃんと気持ちいいか僕には分からないんだ」

「え？　やっ……わからなっ、ひあっ」

分からないなんて絶対に嘘、と私が戸惑っていると、彼は「約束したよね?」と言って、思い出させるように胸の膨らみに触れる。それと同時に、今まで浅く出し挿れされていた指が深くまで捩《ね》じこまれた。

「やあっ、待っ……ああっ」

「ほら、ちゃんと言おうね。しずくのここ、僕が指を動かすたびにキュッと締めつけて、愛液をあふれさせているんだ。ねぇ、気持ちいい?」

「んっ、き、きもち、いいですっ……わ、私は、む、宗雅、さんがっ、っぅ、ゆ、ゆびを、動かすたびに、いっぱいあふれちゃっ……ああっ、そこ、ダメッ、む、宗雅さっ」

「ここ、気持ちいいんだ。すごいね、奥までトロトロ。これだったら、すぐにでも僕のを挿れられそうだな。ねぇ、今指が何本入っているか分かる?」

何本? そ、そんなの分からない。

胸を揉みながら、中のいいところばかり弄《いじ》る彼の袖口を掴んで、私はふるふると首を横に振った。

「わかり、ません……」

「まだ一本だよ。ほら、これが二本」

「ひゃあっ」

その言葉と共に、指が一本増やされた。挿れられると、さっきよりも多いことが分かる。蜜口が広げられ、内壁を擦り上げられる感覚がとても気持ちいい。たまらない快感に体がしなり、はくはくと息をした。

「はあぁ、んっ、待っ……やぁっ」

私が身悶《みもだ》えていると、彼の手が胸からお腹を滑り花芽に伸びてきて、薄皮を剥き擦り上げた。その刺激に腰が跳ねる。愛液を花芽になすりつけながら、小さく円を描くように捏《こ》ねられると、中と外の刺激に頭の中が真っ白になりそうだった。

それダメ。両方しちゃ……。

「ああっ、やぁっ……ひうっ、やだぁ」

愛液をまとい、たっぷり濡れた花芽をぬるぬると擦られると、腰が揺れる。

「はぁ……たまらないな……。可愛すぎる」

息を吐き出すように言った宗雅さんが指の動きを止めて、ゆっくりと引き抜いた。その刺激にすら、腰がくねりそうになる。

「ひゃっ」

彼は私の腰をぐっと引き寄せて、蜜口になにかを押し当てた。そのまま愛液をまとわせるように、何度も上下に擦りつけられる。ぬるぬると滑る感触に、腰が浮いた。

熱くて。硬くて、雄々しい。これって、これって？　む、宗雅さんのアレよね？

甘いマスクの彼の体の一部とは思えないくらい赤黒く大きくて凶悪。彼の熱い昂《たかぶ》りに息を呑んだ。いよいよ宗雅さんのものにしてもらえる。そう思うと、怖さ以上に期待が顔を出し、鼓動が速くなった。

「しずく。挿れるよ……」

私が頷くと、花弁を広げひくひくしている蜜口に彼の硬い屹立《きつりつ》がハマる。押し当てられると、その硬さをさらに感じた。もう少し力を入れて腰を進めるだけで、中に入りそう。

「しずく。どうか我慢をして僕を受け入れてほしい」

はじめての痛みがどんな痛みなのか想像もできない。でも、かなり痛いわよね？

さっきまでのドキドキに怖さが増した気がした。それでも彼と一つになりたい。彼のものになりたい。その思いから怖さを抑え、私は頷いた。すると、彼が嬉しそうに笑い腰を進める。指とは比べ物にならない太さのものが中を押し開いていく。

「――――っ!!」

痛い……！

その瞬間、痛みと圧迫感でいっぱいになる。目からは涙がボロボロとこぼれ落ちて、声にならない悲鳴が喉の奥を震わせる。入り口も中もいっぱいで、ぐぐと押し広げられていく。宗雅さんに爪を立てているんじゃないかと思うくらい縋《すが》りつくと、「しずく、力を抜いて？」と頬を撫でられる。でも体が強張っていて力の抜き方なんて分からなかった。

「む、無理、痛い……ですっ」

ふぅふぅと浅い呼吸を繰り返し、痛みを逃がそうとしても痛くてたまらなかった。涙が止まらない。あんなに濡れて気持ちが良かったのに、今あるのは熱い杭を挿れられているかのような痛みだ。指や舌で時間をかけて慣らしてもらったのに、全部なくなったように痛い。

私が泣いていると、彼は私をぎゅっと抱き締め、頭を撫でてくれた。

「痛いよね。ごめんね。しずく、少しだけ力を抜いてみようか？　息吐いて？　そうしたら少しは楽になると思うよ」

「うう、はぁ、はぁっ」

私の頭を撫でながら優しく囁いてくれる彼の顔をジッと見つめる。

痛みでどうにかなりそう。頑張りたいと思うけれど、もう心が折れそうだった。

「ほら、頑張ろうね。もう少しで全部入るから」

「え……？」

その言葉で、まだ全部ではないと分かって、意識が遠のきそうになった。でも、痛みがそれを許してくれない。

宗雅さんは自分もきついと思うのに動かずに待ってくれている。とても優しく気遣ってくれている。それが嬉しくて言われた通りに息を吐くと、「いい子だね」と頭を撫でられた。

「じゃあ、少し動くけど。どうしても我慢できなかったら言うんだよ」

「は、はい……」

彼は私の額《ひたい》にキスをして、腰をゆっくりと前後させた。硬い屹立《きつりつ》を小さく抜き挿ししながら、奥が少しずつ開かれていくのが分かる。

「ううう……」

「全部入ったよ。どう？ 痛い？」

涙でいっぱいの目を擦って、小さく頷く。

私、経験なくて比べようがないけれど、それでもきっと宗雅さんのって普通より大きいのだと思う。相当大きなものが私の中を押し開き、入ってきたのだということは分かる。

「痛いです……裂けてしまいそう……」

その言葉に、彼が「プハッ」と噴き出した。

「ごめんね、つい」

「笑いごとじゃないです、宗雅さん……。そう思っちゃうくらい本当に痛いんです……」

クックッと喉の奥で軽快に笑っている宗雅さんを恨みがましい目で睨《にら》む。すると、彼は「ごめん、ごめん」と私の頭を撫でながら、宥《なだ》めるようなキスを繰り返した。

「でも、痛いのは最初だけだよ。次からはもっと気持ち良くなれるようにする。いつかは僕のコレでアンアンひぃひぃ言ってほしいし」

「そ、そんなの……」

この痛みがなくなって、宗雅さんの舌や指の時のように気持ち良くなるなんて、とても想像できなかった。

彼は「大丈夫。ゆっくりでいいよ。ゆっくり慣れようね」と言いながら、私の右手を持ち上げて手の甲にキスを落とす。そしてその唇がゆっくりと手首へ滑り、彼は彼のシャツを着ている私の袖をめくりながら、緩やかに舌を滑らせた。

それより上は……！

これ以上、袖をめくったら傷跡を見られてしまう。そう思った私は首を横に振り、彼の手を振り払ってしまった。驚いた彼の目と視線が絡み合う。

「ごめんなさい……私、私……」

右手を左手で握りしめるように掴んで自分の胸元に引き寄せながら、震える声で言い訳を探す。でも、なんと言ったらいいか分からなかった。彼はそんな私を見て、「大丈夫だよ」と優しく微笑み頭を撫でてくれる。その優しい声音に涙がぶわっとあふれてきた。

「ご、ごめんなさっ……わ、私、いやじゃ、いやじゃ、ないんです……」

「ちゃんと分かってるよ。でも今日はここでやめておこう。しずくは明日休みでしょう？　明日もこの部屋でゆっくり休めばいいからね。今日はもう寝よう」

「えっ？　宗雅さん？」

宗雅さんはゆっくりと私の中から屹立《きつりつ》を抜いてソファーに座り、私を膝の上に座らせる。私が揺れる目で彼を見ていると、彼は優しく私の頬を撫でてくれる。

私、失敗したの？　そう思うと、血の気が引いていく。

「む、宗雅さん……私、ご、ごめんなさい。痛い痛いって言ってつまらなかったですよね……。そ、それに、貴方の手を振り払って……。ごめんなさい、次は頑張りますから……お願いします」

やめないで……

やめると言われると見捨てられたようで、悲しくて、私は縋《すが》るように宗雅さんの手を掴んだ。

「違うよ。今日はしずくの初めてをもらうだけにするつもりだったんだ。負担が大きいからね。それに時間はたっぷりあるんだから、焦らなくて大丈夫だよ。君にはゆっくりと快感を教えてあげるよ」

「ほ、本当ですか？　本当？　呆れたのではなくて？」

「そんなわけないでしょう。しずくが大切だからだよ。しずくは混乱すると、ダメなほうに物事を考えてしまうきらいがあるけど、落ち着こうか？　やめたのは、君に呆れたとかつまらないとか、そんなことを思ったからじゃない。僕は君の最初で最後の男なんでしょう？　だから、もう焦る必要なんてないんだよ。少しずつ君の心と体を溶かさせて？」

彼は困ったように笑って、額《ひたい》をこつんと合わせてくる。

「しずくのことが大好きだよ、愛してる。君が一生懸命に秘書の仕事を頑張っているところを見ながら、ずっとそう思っていたんだよ。君は僕のとても素晴らしい秘書で恋人なんだから自信持ってよ」

素晴らしい秘書？　私は彼の言葉に目を瞬《またた》いた。

「え？　ですが、私はミスが多くて、お世辞にもそんな……」

「それでも頼んだ仕事を必ずやり遂げてくれるでしょう。ミスも繰り返さないように気をつけて、ちゃんとできているよ。今日のアベーレ・トラヴィッァ氏の件だって、とても助けられた。君が僕のために頑張ってくれる様は、とてもいじらしく愛おしい。この三カ月をとおして、僕の初恋は幻想ではなく本物なんだと……間違いじゃないんだと強く感じたよ」

「宗雅さん……」

「なにも心配しなくていい。なにも不安に思わなくていい。君が僕を受け入れてくれるように僕も君を受け入れるから。だから、いつかは僕にすべてを委《ゆだ》ねてほしい」

そう言って、彼は額《ひたい》や瞼《まぶた》、頬や唇に宥《なだ》めるようなキスを何度もした。

いつかは、いつかは、この右腕の傷のことを彼に話したい。打ち明けたい。きっと彼は今話しても受け入れてくれる。拒絶したりしない。そうは思っても、まだ話す勇気が持てなかった。

少しだけ、もう少しだけ、待っていてください。

私は彼の首裏に手を回してぎゅっと抱きついた。

「私も貴方の側で働き始めてから、この恋は幻想ではなく本物なんだと強く実感しました。宗雅さんは私のような手際の悪い部下にも、とても優しくて……そ、それに先輩方も優しくて職場の雰囲気がすごくいいんです。その場を作っているのは紛れもなく宗雅さんだと思いました。貴方だからこそ、皆ついていきたいんです。上司としても一人の男性としても尊敬しています」

すると、彼は宥《なだ》めるようなキスをやめて、「ありがとう、嬉しいな。じゃあ、今日はゆっくり休もうね。もう不安なことはない？」と言ったので、私はこくりと頷いた。

「いい子。ベッドに運んであげるから、ここで眠っていいよ。今日は疲れたでしょう？」

「はい……おやすみなさい……」

「おやすみ、しずく」

その優しい手と声に包まれて、私の意識は微睡《まどろみ》に落ちていった。

◆　◇　◆

僕は眠っている彼女の体をお風呂で洗い、ベッドへ運んだ。今日は色々あったせいで疲れているのか、まったく起きる気配がない。

無防備すぎて、心配になるな……

僕は苦笑しながら彼女の隣に潜りこむようにベッドに入り、ふぅと息をついた。今日は僕自身も驚いた。しずくが僕の婚約者候補であることは分かっていたけど、それをおくびにも出さずに秘書の仕事を頑張ってくれたし、正直なところ進展するにはもう少しかかると思っていたんだ。それがまさかあんなことをするなんて……

「まあ、嬉しい誤算かな」

僕は隣に眠っているしずくの髪を自分の指に絡めた。

僕は父の跡を継がなければならない。そのために、いずれは家に利益をもたらす女性と結婚しなければならないと分かっていた。だから、少々恋愛に消極的なところがあったと思う。付き合っても、結婚はできない。どうせいずれは別れなければならない。なら、最初から遊びでいいやと、中高生の頃は爛《ただ》れていた。

そんな時にしずくに出逢った。遊び相手ではなく、本当に彼女を――立花しずくを欲しいと思ってしまった。そして、幸運なことに、しずくは我が家にとっても申し分のない家柄のお嬢様だった。運命だと思った。たちばな銀行のお嬢様であるしずくもまた、結婚するなら家のためになる結婚が望まれるだろう。そこに本人の意思はない。なら、その相手が僕であってもいいはずだよね？

それ以降僕は、しずくの政略結婚の相手として申し分のないように、今まで以上に努力して、本格的に父の跡を継ぐ準備を始めることにした。

僕は隣でスヤスヤと眠るしずくの頬に触れた。

「しずく、やっと君を手に入れた……」

あの頃、気になった時点で接点を持っていれば良かった。

しずくが部活に来なくなったのは、ちょうどその頃。どうしたんだろうと気になって調べてはみたものの、詳細な情報は得られなかった。僕も高三だったから、家のことの他にも後輩に部長の仕事の引き継ぎをしたり、色々と忙しくて、彼女がどうしているのか知るのが遅れてしまった。高等部の卒業式の時に、ようやく彼女が怪我をして入院しているのだと知った時、目の前が真っ暗になったのを今でもよく覚えているよ。

すぐにお見舞いを申しこんだけれど、彼女の友人ですらなかった僕は、彼女の家族に阻まれて面会することができなかった。その後、しずくが退院したと知った時には、僕も本格的に忙しくなっていて、中々機会が作れなかったんだ。会いたかったけど、今は確実に彼女を手に入れられるように外堀を埋めることに尽力したほうがいいと考えて、ひたすら邁進《まいしん》した。でも、後悔はずっとつきまとっていた。彼女は怪我をしてつらい思いをしていたのに、あの時自分の都合を優先した自分が許せなかった。その後悔があるからこそ、彼女の側にいたい。今度こそ、守りたい。

あとは、しずくに自信をつけさせないといけないかな。彼女は恋愛に対して臆病なところがあるから……。まあそれは、僕のせいでもあるんだけどね。しずくに言い寄る男達を陰で牽制し、付き合ってもすぐに別れさせた。しずくは、自分に非があってふられたと思っているみたいだけど、そんなことはない。男は皆オオカミだからね。付き合ってもいないのにどうかとは思ったけど……それでも僕はほかの誰かが君に触れることを許せなかった。

「ふふっ、しずくが魅力的すぎるのがいけないんだよ」

僕が親指でしずくの唇をなぞると、「ん……」と少し身動《みじろ》ぐ。起こさないよう、僕はそっと手を引いた。

そのあとは父の会社に入って学びながら、たちばな銀行との取引実績を重ねていった。しずくの実家《たちばな》たちばな銀行にとって、うちが逃したくない大口顧客になるように、正攻法で信頼関係を築いていったんだ。そうすれば、元々関係が深い立花家との縁談が必ず持ち上がるだろうと踏んで……。政略結婚になれば、ただの結婚ではなく、家同士の関係になる。簡単には壊せない。――しずくを一生自分に縛りつける手段になる。

「まあ、計画通りだったよね」

僕は片肘を突きながら寝そべり、しずくを見つめながらほくそ笑んだ。

でも、しずくの行動は予想通りじゃなかったかな。まさか副社長室で僕のジャケットを着て、あんな可愛いことをしてくれるなんてね。僕としたことが驚いてしまったよ。可愛いしずく。僕のために尽くそうと秘書の仕事を頑張る君に、僕がどれだけ目を奪われ、ときめいていたか知らないんだろうね。甲斐甲斐しく「副社長の役に立ちたいです」と頑張ってくれる君が愛おしくて可愛くてたまらなかった。君と再会して、拗《こじ》らせていた初恋が色を持ち、意味を持って動き出すのを痛いほどに感じたよ。

ずっと遠くから策略を巡らせていた僕の側に君がいる。その感動が君に分かるかい？本当は抱き締めて好きだと言って、僕だけを見て？と迫りたかった。日に日に、その欲望が強くなっていくのを自分でも止められなくて……でも、しずくはなにも言ってくれないから乗り気じゃないのかと本気で悩んでいたんだよ。

でも僕は好きな女性ほど甘やかしたい一方で、啼かせたくなるし困らせたくなる。たまには縛ったり、大人のオモチャを使って、とことん責めたてたい。僕を信頼して身を任せてくれる、そんな子が可愛く啼く姿が見たい。そういう衝動を抑えられないんだ。それにさらに厄介なのは僕の拗《こじ》らせたしずくへの感情だ。綺麗で純真なしずくのために身を引くことも考えたけど、諦めきれなかった。だから、僕のことを好きになってもらおうと、僕を自ら選んでもらおうと思った。優しい上司を装い、思わせぶりな態度や言葉で、しずくが僕を気になるように仕向け……ゆっくりと心も体も縛っていくつもりだった。一度でも僕の手を取ったなら決して逃がしはしない。

「本当に感情って厄介だよねぇ」

それなのに、まさかしずくもあの時から僕のことを好きでいてくれたなんて思わないよね。分かっていたら、もっと早くこの手の中に閉じこめたのに……。

「あーあ、敵わないなぁ」

僕は眠っているしずくを見つめながら苦笑した。

僕が色々と考えこんでいる間に、予想もしない行動で、僕のくだらない意地を壊して懐に入ってくるんだから……。僕を驚かせるのは君くらいなものだよ。世の中、計算通りにはいかないってことだよね。

今は満たされて、心の中が温かい。ずっと、欲しかった君の愛の言葉が、想いが、手に入ったからだろうね。幸せだよ、しずく。君が僕を愛してくれる。十一年前から僕を想ってくれていた。その奇跡に感動が抑えられないよ。

「すごく嬉しい。ありがとう、しずく。絶対に幸せにすると誓うよ」

しずくって、育ちのせいか純粋無垢だよね。僕のことをなんでも信じてしまう素直さがあるし。あそこまで純粋に信じられると、いけないことをしづらいよね。性癖をぶつけるんじゃなくて大切に愛してあげたいって思っちゃう。でもしずくを僕に依存させたい。僕だけに感情を向けてほしいな。なんにでも真っ直ぐで人に愛される君が二人だけの空間で、僕だけを見てくれる。そうなったら嬉しいよ。

「……しずく」

僕は眠っているしずくの髪をそっと一房すくい、キスを落とした。

過去の後悔と君への十一年間の想いを胸に、今度こそ僕は君に寄り添うと誓うよ。必ず幸せにする。だからもう一人で泣かないで……。これからはずっと側にいるから。

「しずく、愛しているよ。もう絶対に離さない」

朝、目が覚めたら朝食を作ってやって、改めて彼女にプロポーズをしよう。

まずは婚姻届の前に委任状を書いてもらって、うちの顧問弁護士を使ってしずくのマンションを引き払わせよう。この家は部屋が余っているから、そこをしずくの部屋にすればいい。もう少し広い部屋に越してもいいしね。

今までできなかった分も、これから甘く優しく接して、砂糖漬けになったかのように、ドロドロに愛してあげる。

「しずく……僕頑張るよ。君がずーっと僕だけを見てくれるように」

昼間はいい上司で、夜は君の優しい婚約者。そのバランスを絶妙に保って、僕に夢中になってもらえるように頑張るよ。

僕は眠っているしずくを抱き寄せた。

ずっと心から欲しかった君が手に入ったんだ。愛し続けてもらうためになら、僕はなんだってするよ。

しずく、僕だけのお姫様。

3

朝、美味しそうなコーヒーの匂いと焼きたてのパンの匂いに鼻腔がくすぐられて目が覚めた。眠い目を擦りながら起き上がると、すでに宗雅さんは隣にいなかった。

朝食を作ってくれているのかしら。美味しそうな匂い……

その匂いにお腹が鳴ってしまい、昨日は夕食をとっていなかったと思い出した。一人で照れ笑いをしながらお腹を押さえ、さっとベッドを下りる。

「あら」

立ち上がると、昨日とは違うシャツを着た体に、無数の赤い痕《あと》が見えた。

これって、これってまさかキスマーク⁉　服で隠せるか隠せないかという位置にもあって、彼の気持ちの強さを感じる。

「うう、なんだか恥ずかしい……」

私は数個しか止まっていなかったシャツのボタンを慌てて全部止めた。

でも、完璧な紳士だと思っていた彼に、ちょっと強引なところがあると知れたのは嬉しかった。それに、初めては痛いだけだと聞いていたけれど、むしろ……

昨夜のことを思い出すと、体温が一気に上がってジタバタしてしまう。

あれ、宗雅さんが体を拭いてくれたのかしら？　べとつきがなくてさっぱりしている。綺麗にしてくれた心遣いは嬉しいけれど、それ以上にとても恥ずかしい。

シャツ一枚でリビングを覗くと、パジャマ姿の宗雅さんがコーヒーを淹《い》れていた。

宗雅さんはパジャマ姿も素敵……

なんだか、朝からご褒美をもらったようできゅんとする胸元を押さえながら、彼に声をかける。

「おはようございます、宗雅さん」

「おはよう。よく眠れた？」

「はい！」

「それは良かった。ちょうど朝食の用意ができたから食べよう。こっちにおいで」

宗雅さんはいつもの優しく甘い笑顔で微笑んで、私がダイニングテーブルに近づいたのを見て椅子を引いてくれた。

でも私は宗雅さんのシャツのままなので、ちょっと恥ずかしいし、落ち着かない。

彼は私の服装のことは気にならないらしく、机の上にコーヒーやクロワッサン、アーモンド入りのお菓子を並べている。

「しずくはカプチーノでいい？」

「は、はい。朝食を作ってくださってありがとうございます。次からは私が作りますね」

「ありがとう。でも料理は趣味なんだ。それに朝はコルネットとビスコッティじゃないと落ち着かないんだよね」

宗雅さんは、テーブルの上に数種類のジャムと、ヘーゼルナッツペーストをベースにしたチョコレート風味のスプレッドを置きながら笑った。

コルネット？　クロワッサンではなくて？

私がクロワッサンのようなものを見ながら首を傾げていると、彼がクスッと笑う。

「それはね、甘いクロワッサンの中にジャムやクリームが入っているんだよ。イタリアではそれをコルネットって呼ぶんだ。大学の時にイタリア人の友人とよく朝食を食べていたら、つい習慣になっちゃったんだよね」

イタリアでは朝食に甘いものを食べることが多く、基本的には『ビスコッティや甘いパン』を好む人が多いんだ、と教えてもらい、私はふむふむと頷いた。

甘い朝食って、そういえば初めてね。

食べてみると、外はサクッと中はしっとりしている。表面に蜂蜜とマーマレードが塗られていて、ほんのり甘かった。

「美味しいです」

私は和食中心であまりこういうものを食べないので知らなかったけれど、クロワッサンって蜂蜜やジャムも合うのね。それにこのクリームはくどくなくて、美味しい。いくらでも食べてしまいそうなので、食べすぎに気をつけなくちゃ。

「良かった。もう一つのコルネットは、チョコチップ入りにしてみたんだ。中に詰めてあるヘーゼルナッツクリームの上品な甘さが際立つと思うよ」

「ありがとうございます。美味しいです」

もしかすると、宗雅さんはヘーゼルナッツが好きなのかもしれない。

私は甘いクロワッサンと食卓に置かれたスプレッドを見て、彼の好みを知ることができた嬉しさに笑みをこぼした。

「私は家だと和食が多かったので、一人暮らしを始めてからも和食中心だったんですが、宗雅さんと同じようにイタリア風の朝食に慣れたいです」

「ありがとう。でも、和食もいいよね。和食が食べたい時は、しずくに朝食を作ってもらおうかな」

「はい！　是非！」

宗雅さんに手料理を食べてもらえるなんて、夢のよう。朝食だけでなく夕食も作りたい。

私ははにかみながら答えた。

「しずく。今日はうちに引っ越しておいで。マンションのことは、後日ご家族に挨拶《あいさつ》して早めに引き払う方向で話し合おうか」

「はい」

私は宗雅さんが淹《い》れてくれたカプチーノに砂糖を入れながら、コクリと頷いた。彼は、エスプレッソを美味しそうに飲みながら、タブレットで今日の予定を確認している。

本当に一緒に住めるんだ……。そう思うと、顔が熱くなった。

急展開すぎていまいち気持ちが追いつかない。昨日、忘れ物を取りにいくまでは確かに私と宗雅さんの関係は、副社長と秘書だったのに……。あの副社長室の一件から急速に二人の関係が変わっている。それがまだ信じられなかった。

私はチョコチップ入りのコルネットを齧《かじ》り、ふと部屋を見渡した。

対面キッチンと四人がけのダイニングテーブル。ダイニングと続きになっているリビング。昨夜はゆっくり見る余裕がなかったけれど、全体的に白や淡い色合いでまとめられていて、直線的ですっきりとした空間だった。

そして、ふと座面が広いソファーが目に入って、ドキリと鼓動が跳ねる。昨夜、そこで彼に抱かれたのだと思うと、どうにも落ち着かない。

「しずくの……」

「え？　なんでしょうか？」

昨夜のことを思い出しそうになっていた思考が、宗雅さんに名前を呼ばれたことで戻ってくる。なんのお話かしら？　聞いていなかった……

「いや……、ただ出逢った時はポニーテールにできるくらい髪が長かったけど、今の肩まであるストレートの髪もとてもいいなぁと言っただけだよ」

宗雅さんはクスクス笑いながら手を伸ばして、私の髪に触れる。弄《もてあそ》ぶように、指にくるんと巻きつけた。

そういえば、髪は入社すると決まった時に切ってしまったのよね。少しでも宗雅さんにバレる可能性を低くしようと……。結局初めからバレていたので、意味がなかったのだけれど。

「長いほうがいいですか？」

尋ねながら、私の毛先で遊ぶ彼の指を見つめる。

「ん？　僕はどちらのしずくも好きだよ」

「そうですか？　でも、少しでも宗雅さんがお好きなほうにしたいです」

「ははっ、そんなことまで気にしなくていいよ。君は君のまま、側にいてくれたらそれだけで嬉しいんだ」

呆れたような、困ったような彼の声音に、私はシュンとしてしまった。

少しでも彼の好みに近づきたいのに……。私を宗雅さん色に染めてほしい。それって悪いことかしら？　もしかして重い？

「そうだ、しずく。ご両親に挨拶《あいさつ》をしたいから、都合のいい日を聞いておいてくれないかな？」

「え？　は、はい。畏《かしこ》まりました！」

「いやだな。今は仕事中じゃないんだから、『畏《かしこ》まりました』はやめてよ」

「あ……ごめんなさい」

いけない。部下として接してきたので、考えごとをしているとつい仕事の時の癖が出てしまう。これから慣れていけるかしら。そう思いながら、私は頷いた。

「これは君に任せるけど、僕としては仕事を辞めても構わないし、僕の秘書を続けても構わないよ」

「……あ、えっと」

そういえば、結婚後の仕事のことを考えていなかった。

「しずくはどうしたい？　ご両親となにか話していたりする？」

「私はできれば続けたいです。ようやく慣れてきたばかりですし……。宗雅さんがよろしければ、秘書を続けさせてください」

「そうだね。なら、子供ができるまでは続けてほしいな。仕事中も君が側にいてくれるのは僕としても歓迎だしね」

宗雅さんとの子供……

その言葉に胸がドキンと跳ねて、自分の頬を両手で押さえた。すると、その様子を見ていた彼が突然立ち上がり、私の手を取り、床に膝をついた。どうしたのだろうと思って彼のほうに向き直ると、彼の真剣な眼差しに搦めとられた。

「宗雅さん？」

「立花しずくさん、どうか僕のお嫁さんになってください。結婚してほしい」

その言葉を聞いたのと同時に、手の甲にキスが落ちてくる。

突然のプロポーズに驚いて、私は返事もできないまま目を大きく見開いて固まってしまった。そんな私を見て彼が笑う。

「返事はもらえないの？」

「う、嬉しいです！　是非、是非よろしくお願いします！」

私の前に膝をついている彼に抱きつくと、「必ず幸せにするよ」と、囁いてくれる。

嬉しい……初恋は叶わないというけれど、最高の形で叶った。

「しずくは泣き虫さんだね。ほら、泣きやんで食事の続きをしよう」

「はい……」

彼の胸で泣いてしまった私の頭を撫で、彼はほっとしたように笑った。

私も宗雅さんを必ず幸せにしたい。二人で幸せになれるように頑張りましょうね、宗雅さん。

彼の腕の中で私はそう誓った。

◆　◇　◆

「ふぅ」

私は大きな旅行バッグに当面の衣類や下着、化粧品を詰めおえて、一息ついた。

もちろんパジャマも忘れずに入れた。これで宗雅さんのシャツ一枚という事態を防げると、バッグのファスナーを閉めながら安堵する。

正直なところ、あれは本当に恥ずかしい……

宗雅さんと一緒にいられるのは嬉しい。でも、やっぱり急に縮まった距離感に戸惑うことも多くて、この部屋に帰ってこられてホッとしてしまった。

「慣れたら恋人らしくなれるかしら……」

宗雅さんは私をマンションまで送ってくれ、「昼に人をやるから、持ってくるものと置いていくものを考えておいて」と言って会社に行った。

とても優しい人。早く慣れるためにも二人の時間を持つのは大切なことよね。それに私達、そう遠くないうちに結婚するのだし……。結婚式も挙げるのよね……想像すると、やっぱり気恥ずかしくて照れてしまう。ふと時計が目に入り、想像以上に進んでいる時計の針にハッとした。

「あ、こんなことをしている場合じゃないわ」

ちゃんと持っていくものを選ばないと……

といっても、このマンションを借りてもらったのは、宗雅さんの秘書として働きはじめた時期と一緒くらいなので、大してものがない。ほとんどのものは実家に置いてあるし、両想いになれるのはもっと先のつもりだったから、ゆっくり増やしていけばいいと思っていた。

「家具類は持っていくと迷惑になるだろうし。ベッドは……宗雅さんと一緒に眠るからいらないのかしら？」

その言葉に顔がカァッと熱くなって、自分の両手で頬を押さえる。

そんなの夫婦になるなら普通のことじゃない。いちいち動揺していたら身がもたないわ。

私は深呼吸をして、家具に目を向けた。家具といっても、このマンションは収納が多いことを売りにしているので、大したものはない。本棚や小さなチェスト、机とソファーくらいかしら。テレビや冷蔵庫などの家電はいらないので置いていこう。

というより、宗雅さんのお家には家具も揃っているし、私が持っていくものは衣類や化粧品などの身の回りのものだけでいいのでは？

「あとは……用途にあわせて靴を数足かしら」

時間がないと思っていたのに、想定以上に持っていくものが少なくて、昼前に準備が終わった。

ものが少なくなった部屋のベッドで、私は京都の水族館で以前買ったお気に入りのオオサンショウウオのぬいぐるみを抱っこしながら、昨夜の宗雅さんとのことや、これからのことを考えてジタバタする。

このオオサンショウウオのぬいぐるみはＸＸＬサイズなので、全長百七十センチメートルくらいある。

「宗雅さんより少し小さいかしら。彼、身長が百八十以上あったわよね……」

このサンショウウオ君を持っていったら、子供っぽく思われる気がする。笑われるかもしれない。笑われるだけならいいけれど、呆れられたらどうしよう。大人の女性は、きっとぬいぐるみをベッドに置いて一緒に眠ったりしないだろう。私も、もうすぐ二十五歳になるんだから、ぬいぐるみは卒業しないと……。この子は実家に連れて帰ってもらいましょう。

「……………」

そう思っていたのに、宗雅さんが手配してくれたお手伝いの方々は、私になにも聞かずに、すべて持っていってしまった。もちろん、ぬいぐるみのサンショウウオ君まで。さながら入居時のように、部屋になにもなくなって唖然とする。

「しずく様」

「え？　は、はい！」

「冷蔵庫や洗濯機などの家電は、こちらで処分するようにとのことですがよろしいですか？」

「お願いします……」

一緒に住むのなら家電が必要ないのは確かなので、私は勢いに気圧《けお》されつつ頷いた。

「では、こちらへ。引っ越し先のマンションへお送りします」

「ありがとうございます」

私は足元にある大きな旅行バッグを抱き締めて、彼らについていった。予想もしない事態に、混乱している。

宗雅さんは「引っ越しておいで」とは言ったけれど、まさかほとんどのものを持ってこいという意味だとは思わなかった。しばらくは、たまに荷物を取りにきたりできると思っていたのに。そういえば宗雅さんは、マンションを早く引き払いたいと言っていた。あれは本気だったのねと、今更ながらに彼の行動力に驚く。部屋を出る前に、もう一度全体を見回す。数カ月を過ごしてきた部屋はがらんどうで、本当にここに住んでいたのかしらと思うくらいに生活感が消えている。もう戻ってはこないのだと切ない気持ちになったが、私は玄関を出て、かちゃりと鍵をかけた。

「では、私共はこれで」

「はい、ありがとうございます」

私を宗雅さんのマンションに送り届けた彼らは、宗雅さんが指示したという部屋に、私の一人暮らしの部屋を再現して帰っていった。

もちろん、ベッドの上にはサンショウウオ君もいる。

私は住所を調べられても不審に思われないよう、合わせて十三畳くらいの1LDKの部屋に住んでいた。この部屋はリビングに置いていた二人がけ用のソファーやテーブルなどが入っても余裕があるので、おそらく十三畳から十五畳くらいはありそうだ。そんなことを考えながら、部屋をぐるっと見回す。

私は一緒に暮らせるだけで嬉しいのに、こんなふうにマンションにあったものをほぼ持ってきて、前に近い暮らしをさせてもらえるなんて。部屋も広くて恐縮してしまう。

「宗雅さんって、なんだかすごいわね……」

こうと決めたら早いのはさすがとしか言いようがない。

でも、昨夜からの急展開に心臓がもたないし、いまいち気持ちが追いつかないので、もう少しゆっくり物事が進んでほしいなと思うのはわがままかしら？

なんだか一瞬にして囲いこまれた気がするけれど気のせいよね……

「あ、もう十五時半だわ。買い物に行かないと……」

私はふと目に入った時計で時刻を確認して、慌てて夕食の買い物に行く準備を始めた。

朝は基本的には宗雅さんが用意してくれるようだったので、お昼はお弁当をと思ったのだけれど、宗雅さんは外に出ていることが多くて、私はいつも社食で食べている。せめて夕食くらいは作らせてほしいと言って、許してもらったのだ。最初は「しずくも働いているんだから、無理しなくても夜は食べにいこう」と言われたのだけれど、最後は「じゃあ、お願いしようかな」と言ってくれた。

張り切って美味しいものを作らないと！

私は意気揚々と駅ビルの大型スーパーへ向かった。やる気に満ち満ちている私は、上機嫌で次々と食材を買い物かごに入れていく。

そういえば、「買い物するならこれ使って」とブラックカードを渡されたのだが、これは使わずに自分のお給料から払いたい。我が家は銀行を経営しているからか、お金の使い方には一家言《いっかげん》あって、贅沢《ぜいたく》よりも価値のあるお金の使い方をしなさいと教えられてきた。

それに、自分のものではないクレジットカードを使って買い物なんて、絶対に良くないと思う。いくら使ったか分からなくなってしまいそうだし……。それに私は、ちゃんと自分の稼いだお金で買ったもので宗雅さんにご飯を作ってあげたい。それこそ価値のあるお金の使い方だもの。

宗雅さんは料理が趣味と言っていたけれど、人に作ってもらうのも嬉しいはず。彼に心地良く過ごしてもらうためにも、美味しい夕食を作って、ばっちり胃袋を掴みたい。

私は会計を済ませると、軽い足取りで宗雅さんのマンションへ帰宅した。そして、自分のマンションから持ってきたエプロンをつけて、ご機嫌に料理を始める。

メインは鰆《さわら》の香草焼きを考えている。宗雅さんは、どうやらイタリアンが好きなようなので、料理にもハーブを使いたい。

スマートフォンで調べてみると、イタリアの家庭で定番中の定番のハーブの取り合わせは、『ローズマリー、セージ、タイム』らしい。イタリアのスーパーなどでは、焼き物用ハーブとしてミックスしたものが販売されているくらい、どんな食材にも合う定番のハーブみたいだ。日本では扱っているスーパーが少ないので、市販のドライハーブを混ぜて使おうと思う。

「えっと……」

私はスマートフォンでレシピを確認しながら、まず鰆《さわら》に小麦粉を叩くようにまぶした。ドライハーブも事前に混ぜておく。

フライパンにオリーブオイルとニンニクをいれると、すぐにいい香りがあたりに漂った。ちょっと奮発して高いオリーブオイルを買ったのだけれど、正解だったわね。イタリアのマンマはいいオリーブオイルが手に入らないと台所に立たないと言われるほど、オリーブオイルを大切にしているらしい。宗雅さんは気づいてくれるかしら？　イタリアンが好きな宗雅さんに喜んでもらいたい。

それにオリーブオイルには、コレステロールの低下作用、抗酸化作用、ダイエット効果、整腸作用、美肌効果などもあり、女性にもとても嬉しい効果が盛りだくさんだ。今より綺麗になれたら、宗雅さんが褒めてくれるかもしれない。そうなれば私も嬉しい。

「ニンニクがふつふつしてきたら、鰆《さわら》を入れ、塩とミックスハーブをまぶして、裏返す……」

裏返したら、白ワインを注いで軽くフランベし、蓋をして弱火で三分ほど焼く……

できあがったら、お皿に盛ってレモンとイタリアンパセリを添える。こんな感じかしら？

「ふふ、いい感じだわ」

あとは副菜を何品か作りましょう。汁物もミネストローネとかのほうがいいのかしら？

◆　◇　◆

私が鼻歌混じりにダイニングテーブルに料理を並べていると、がちゃっと鍵の開く音がした。

あ！　宗雅さんが帰ってきたのね！

時刻は十九時半。二十時よりは前に帰るよという約束通りに帰ってきてくれた。いつも残って仕事をしていることを考えると早い帰宅だと思う。

「おかえりなさい、宗雅さん」

急いで出迎えると、彼が「ただいま」と笑ってくれる。新婚さんのようなやりとりに、ふにゃりと頬が緩む。彼が持っているビジネスバッグを受け取りながら、「ご飯ができてますよ」と告げる。宗雅さんは「美味しそうな香りだね」と言って、私をぎゅっと抱き締めた。

「む、宗雅さん？」

「今日はしずくがいなくて寂しかったなぁ。次からは休みを合わせようか？」

「はい……」

甘えるようにすり寄ってきた彼の髪を撫でると、首筋に噛みつくようにキスをされて、きつく吸われてしまった。

「あ……っ」

思わず体が跳ねる私を見て、彼がニッと口角を上げた。その目に射貫かれて体が熱を持つ。

「しずく、可愛い。感じたの？」

「ち、違……」

「違わないよね。ちゃんと言えない子はお仕置きが必要かな？」

「いいえ！　ごめんなさい……か、感じてしまいました」

私が熱くなった顔を下に向けてそう言うと、彼は満足そうに頷いた。

ううう、恥ずかしい。でも、これにも慣れないといけないのよね。

「もっと細かく言葉にしてほしいけど、今はこれで許してあげるよ。さ、ご飯を食べようか」

「は、はい……」

そう言いながら、彼はなぜか私の部屋のドアに手をかけた。

そこは……

サンショウウオ君を見られてしまうと思った私は、とっさに彼の腕を掴んだ。

「宗雅さん、ご飯を食べるんでしょう？　冷めてしまいますよ」

「大丈夫。ちょっとだけだから。見てもいい？」

宗雅さんは問いかけているはずなのに、私の返事を待たずに中を覗いた。そして、ゆったりとした足取りで部屋に入っていく。

「宗雅さん!?」

そこには、サンショウウオ君が！　まだ隠していないのに！

「ねぇ、しずく。これなに？　しずくのベッドの半分を占拠してるこれ」

バレてしまった。あとにしようだなんて思わずに、すぐに父に連絡して、誰か人を寄越してもらえば良かった。そうしたら、実家に持って帰ってもらえたのに……

私は項垂《うなだ》れながら、観念して白状することにした。

「この子はオオサンショウウオのぬいぐるみです」

「オオサンショウウオ？」

「はい。以前、水族館に行った時に買ったんです。ごめんなさい。早いうちに、実家に持って帰るので……」

宗雅さんがサンショウウオ君を無造作に持ち上げて、「ふーん」と興味なさげに見つめている。先ほどまで上がっていた口角が、今はスッと下がっている。

やっぱり呆れているのよね。いっそ子供みたいと笑ってくれたほうがマシかもしれない。

「今まで、しずくはこれと眠ってたの？」

「は、はい。子供っぽいですよね……」

「謝らないで。でもちょっと妬《や》けるなぁ。今日から眠る時は、ぬいぐるみじゃなくて僕を抱き締めて眠ってね」

宗雅さんは無造作にサンショウウオ君をベッドに置くと、私の手を取った。

妬《や》く？　宗雅さんがぬいぐるみに……？

信じられなかったけれど、何度も頷いた。呆れられたのではないと分かり、泣きそうだった気持ちが晴れていく。

「まあ、このベッドはもう使う予定ないし、オオサンショウウオにあげればいいよ。子供ができれば、このぬいぐるみも活躍するだろうから置いておけばいいし。だから、しずくは僕とあっちの寝室で一緒に眠ろうね」

「はい」

子供の話が出て彼との夜を想像してしまい、心臓がけたたましく鼓動する。

ということは、昨晩のようなことをもっとするのよね。彼との夜を想像するのは恥ずかしいけれど、子供ができたらサンショウウオ君と一緒に遊んだりするのは楽しそう。大きいから背中にも乗せてあげられそうだし……

彼との家庭を具体的に想像して、じんわりと胸が熱を持つ。

「しずくは水族館が好きなの？　今度一緒に行こうか」

「えっ？」

その言葉に弾《はじ》かれたようにサンショウウオ君を見ていた視線を宗雅さんに向けると、彼は優しく微笑んでいた。

「いいんですか？」

「もちろんだよ。しずくと色んなところに行きたい。たくさんデートしようね」

「はい！」

お付き合いを飛ばしてこの関係になってしまったので、とても楽しみだ。とんとん拍子に話がまとまって嬉しかったけれど、宗雅さんの色々な面を見てみたい。

「今度こそ食事にしようか。しずくの手料理、楽しみだなぁ」

彼がジャケットを脱ぎながらリビングに向かったので、私も部屋のドアを閉めて、ご機嫌な足取りでついていった。

◆　◇　◆

「美味しかったなぁ。ごちそうさま。しずくはいいお嫁さんになるね」

「ありがとうございます」

「じゃあ、食後のコーヒーは僕が淹《い》れようかな」

　私が照れていると、先に食べおわった宗雅さんが食器を持ってキッチンへ行こうとしたので、私は慌てて彼の袖口を掴んだ。

「あ、待ってください。私が……」

「いいよ。作ってもらったんだし、それくらいさせて？　それにしずくはそのお皿に残っている最後の一口をちゃんと食べきること」

「はい……」

「ん、いい子」

　私が頷くと、彼はお湯を沸かしながら、食器を食洗機に入れていく。片付けまで全部やるつもりだったので、申し訳ないなと思いつつ、最後の一口を口の中に放りこんだ。

「急だけど、金曜日の夜に僕の実家に来ない？」

　食べおわった食器を運ぼうと立ち上がると、マグカップを二つ持った宗雅さんがキッチンから出てくる。

「えっ!?　宗雅さんの実家？」

食器を取り落としそうになり、慌てて持ち直す。彼はコーヒーの入ったマグカップをダイニングテーブルに置いて、私の手から食器を受け取る。

「うん。先に僕の家族に話を通しておこうかなと思って。それから両家顔合わせをしたあとに結納が一番早いかなぁ。まあ、裏でコソコソ画策していた両家の顔合わせなんて、今更いらない気もするけどね」

ははっと笑う宗雅さんに、私は引《ひ》き攣《つ》るような笑みを浮かべた。その画策には私も入っていたので、一緒になって笑えない。

そういえば、色々ありすぎて父に報告するのを忘れていた。ぬいぐるみの前に、そちらを報告して予定を聞いておかないと。実家にご挨拶《あいさつ》に行くということは、宗雅さんのご家族に正式に紹介してもらえるってことよね。

ハッ！　ということは、当然ながら弟の雅佳さんにも会うってことよね？　どうしましょう。手紙の取り次ぎを冷たい表情で断られて以来、あの方が苦手なのよね。

目の前に置かれたコーヒーに砂糖とミルクを入れながら、冷たい表情と声音で「迷惑だ」と一蹴されたことを思い出して、心がズーンと重くなった。

宗雅さんや彼は典雅《てんが》という言葉が相応《ふさわ》しいくらい顔立ちが整っていて美しい。けれど、でも、宗雅さんの弟なのだし、結婚したら義弟になるのだ。仲良くする努力をしないと……

その顔で睨《にら》まれると本当に怖い。

そういえば、過去の手紙について、今私が話しておいたほうがいいかもしれない。雅佳さんは覚えていないかもしれないけれど、サンショウウオ君にも嫉妬《しっと》する宗雅さんだもの、念には念を入れたほうがいいわよね。宗雅さんに群《むら》がるその他大勢と同じだと思われたままなのはいやだし、本気だったと話しておきたい。あの時の恋心は今も続いている。想いの強さなら、誰にも負けない。

「あの……私、宗雅さんの卒業後に一度だけ、雅佳さんにお会いしたことがあるんです」

おずおずと切り出すと、彼はコーヒーを飲もうとした手を止めて、私を見た。

「雅佳に？」

「は、はい。私、宗雅さんに会えなくなってしまって……でも、どうしても宗雅さんを諦められなくて、手紙をしたためたことがあったんです。一大決心で渡してくださいとお願いしたんですけれど、迷惑だと言われてしまいまして……」

「ああ、なるほどね」

宗雅さんは意味ありげな笑みを浮かべながら、マグカップの取っ手を指でなぞった。

彼の反応が気になるが直視できなくて、チラッと視線だけを彼に向ける。

「雅佳に頼むのは、まず間違いだね。あれの塩対応は徹底しているから」

「ですが、ほかに考えが及ばなくて……」

「責めているわけじゃないよ。まあ、しずくの気持ちは分かるけどね。だけど、僕達は手紙を取り次いだりしないんだ。だから、ごめんね？　悲しい思いをさせたよね」

「いえ……。今こうして一緒にいられるので」

「うん、僕も嬉しいよ。しずくは、その件から雅佳に苦手意識があるんだね？」

私はその言葉に返事がしづらくて、視線を彷徨《さまよ》わせた。

「ははっ。でも、僕なら『ありがとう、弟も喜ぶよ』って言って受け取ったあと捨てちゃうなぁ。渡したとしても雅佳は読まないだろうし」

え？　捨てる？

私は宗雅さんの言葉が信じられなくて目を瞬《またた》いた。

こんなに優しくて人に慕われている人が、人の気持ちのこもった手紙を捨てるなんて、とてもじゃないけれど信じられなかった。それに「ありがとう。弟も喜ぶよ」なんて言われたら、きっと相手の人は渡してもらえたと安堵するのに……

渡された手紙を迷惑そうに捨てる雅佳さんも簡単に想像できるけれど、笑顔で受け取り捨ててしまう宗雅さんのほうが怖い。誰にでも真摯に向き合う方だと思っていたけれど、違うのかもしれない。

私は戸惑いを隠せずに俯《うつむ》いた。そのままテーブルの上の自分のコーヒーを見つめていると、突然宗雅さんが大仰に溜息をつく。

「でも……しずくからの手紙は欲しかったなぁ。残ってないの？」

「え？」

私は慌てて首を横に振った。すると、「……残念だ」と彼がめちゃくちゃ悔しそうに言う。

本当は実家にある。机の中の引き出しに置いてある。半ば諦めていたとはいえ、大切な恋を捨てることがどうしてもできなかったのだ。でも、今渡せるかと言えば別問題だ。気持ちを受け入れてもらえた今なら、手紙を捨てられると思う。

私は心に決めた。今度家に帰った時に、宗雅さんに見つかる前にそっと処分しようと。

◆　◇　◆

「はぁ～」

温かくて気持ちいい。

髪と体を――特に体をしっかりと洗い、湯船に浸かった私は、温かいお湯の気持ち良さに思わず息を漏らした。広い浴槽の中で脚を伸ばして、軽く伸びをする。そして、首元を押さえた。先ほど鏡を見て気づいたのだけれど、宗雅さんが帰ってきた時に吸った首筋に赤い痕《あと》がついていた。体も前日のキスマークでいっぱいで、ついつい昨夜のことを思い出して、はしたなくも期待してしまう。

私は熱くなった顔を両手で覆《おお》って、小さく息をつく。

「………」

昨日から宗雅さんとの距離が近すぎるように感じる。

さっき食後のコーヒーを飲みおえたときも、私がお風呂を勧めると「じゃあ、一緒に入る？」なんて言って壁際まで追い詰めてきた。私は半ば逃げるようにしてバスルームに来たのだ。

私は一つ一つの接触にドキドキしてしまうのだけれど、宗雅さんはそうではないみたい。彼はいつだって余裕そうだ。今回だってそう。一緒にお風呂にだなんて、私からすると難易度が高すぎる。絶対に無理だわ。

「やっぱり宗雅さんは慣れているのね」

宗雅さんは当然ながらモテる。学生の時からそうだったのだから、今なんて選り取り見取りだろう。彼にとってこういう触れ合いは当然なのかもしれないけれど、私は恋愛初心者なので、もう少しゆっくり進ませてほしい。

でも、お子様すぎると思われるかしら？　つまらない女だとは思われたくない。宗雅さんとは、これからもずっと一緒にいたい。添い遂げたい。今までのように一カ月すらもたないとか、絶対にいや。私、宗雅さんに飽きられたら耐えられない。起きてもいないことを想像して、目頭が熱くなってきた。

恋は好きになったほうが負けとよく言うけれど、確かにそうだと思う。宗雅さんのことは元々好きだったけれど、両想いになれてからはその気持ちがどんどん大きくなっている。彼への想いに雁字搦《がんじがら》めになって、身動きができなくなっている気がする。でも、いやじゃない。むしろ、それが心地いい。もっと彼の色に染めてほしい。恥ずかしくていやなことも、宗雅さんのためなら耐えられる。

「早く宗雅さんのペースに慣れて、恋人らしくなれるように頑張らないと……」

自分から甘えたり、抱きついたり、まだそういうことはできないけれど、私だってしてみたいとは思っている。今はまだ恥ずかしさや遠慮が勝ってしまうけれど、いつかは。

私がそう心に決めた時、バスルームのドアが開く音がして、私は弾《はじ》かれたようにドアのほうを見た。

「っ⁉」

そこには宗雅さんが裸で立っていた。

そのことが一瞬理解できなくて、時が止まる。

「きゃあああっ!!」

私は気がつくと悲鳴を上げていた。無防備だったところに、いきなりドアを開けられて……。もう私はパニックになりながら胸を両手で覆《おお》って隠した。

どうして？　なぜ、そこにいるの!?

「いやだな。そんなに可愛い声を出して喜ばなくても」

「よ、喜んでいません！」

「そう？」

動揺を隠せない私に、戯《おど》けるような笑みを向けながら、宗雅さんはバスルームに入ってくる。

「え？　待ってください。なにをして……どうして入ってくるんですか？」

「一緒に入ろうと思って」

「あれは冗談じゃ……」

「さぁどうだろうね。でも、待てなくなっちゃった」

あははと笑う宗雅さんに私は目を丸くする。

逃げ出したいのに、体を隠すタオルすらない私は裸で湯船を出る勇気が持てず、逃げるに逃げられない。それを分かっているのか、彼はバスルームに入ってきて、カチャリとドアを閉める。そしてお湯を出した。その音にひぇっと怯えながら顔を背けて縮こまると、彼のクスッという笑い声が聞こえる。

ど、どうしよう。

宗雅さんが髪を洗っている隙にお風呂を出ちゃったほうがいいかしら？　でも、一緒に入ろうと言って入ってきているのに、髪を洗っているうちに私が逃げたら、宗雅さんはいい気しないわよね。

私が考えを巡らせている間にも、彼は着々と髪を洗い、体も洗っていく。そのうち水音が止まり、湯船の中にざぶんと彼が入ってきた。

「温かくて気持ちいいね」

「そ、そうですね……」

広い浴槽の両端に向かい合わせで入っているので、彼の裸を見る勇気がない私は顔を上げられない。私が真っ赤な顔で俯《うつむ》いて動かないのを、宗雅さんは楽しそうに見ている……気がする。楽しそうに見物しているような視線を感じるもの。

宗雅さんが伸ばした脚の間に座る形になって、彼の足が私の体に触れる。それにすら心臓が跳ねた。

「恥ずかしがり屋のしずくさん。そんなに端っこにいないで、こちらに来ませんか？」

「ごめんなさい。これが精いっぱいなんです」

「ええっ？　それは寂しいなぁ」

その声に顔を上げると、宗雅さんは手を伸ばして私の頬をつついたり、髪を指に絡ませたりする。その揶揄《からか》うような視線に慌てて目を逸らすと、「ふーん」という声が聞こえた。

「しずくのそういうところは可愛いけど、仲良くお風呂に入りたいな。ねぇ、たまには恥ずかしがるのをやめて、しずくから抱きついてきてよ」

「〜〜〜っ！」

私もそうしたいという気持ちがないわけじゃない。でも恥ずかしさが勝ってしまう。

「ごめんなさい。私もそうしたい気持ちはあるんですけれど、恥ずかしくて体が固まっちゃうんです……」

「まあ、そうだろうね。でも、その気持ちがあるって分かっただけで良しとしようかな。しずくは慣れていないもんね」

私が追いつくのを待ってくれるのだとホッとした瞬間、急に腕を引かれて腕の中に閉じこめられた。背中に彼の胸板が当たり、驚いて悲鳴を上げそうになった私の口を彼の口が塞ぐ。

「ん……っぅ」

「だから、しずくが早く慣れるようにたくさん頑張るね」

えっ？

唇が離れたと同時に耳に息を吹きかけるように囁くので、私は耳を手で隠して俯《うつむ》いた。すると、私を抱きしめる手に力がこもる。

「照れてるの？　可愛い」

「っ、揶揄《からか》わないでください。私、もういっぱいいっぱいなんです……」

「揶揄《からか》ってないよ。ただ、君がちょっとのことで顔を真っ赤にして動揺するから、可愛くって。つい……」

それを揶揄《からか》っているというのでは？

困ったように宗雅さんを見ると、彼は押さえていないほうの耳に直接息を吹きかけた。その吐息に背中を震わせると、彼の楽しそうな笑い声が聞こえてくる。

「宗雅さん……」

「意地悪な僕はいや？」

「……いやじゃないです。ただ慣れていなくて……恥ずかしいので、手加減してほしいです」

「手加減ね……昨日したから、荒療治もそろそろ必要だよね」

そういえば、宗雅さんは自分のことをSの気があると言っていた。今日のお昼頃にスマートフォンでその言葉の意味について調べてみたけれど、色々と難しいことが書いてあってよく分からなかった。でも、好きな人を虐《いじ》めたり縛ったりするのが好きな人のことらしい。

確かに、宗雅さんって微笑む顔は天使のようなのに、言っていることは悪魔のようだ。

それになぜかしら？　宗雅さんは、えっちなことに関しては私の意見を聞いてくれない気がする。だって、この時にだけ見せる彼の悠然とした笑みは、逆らえない雰囲気を醸《かも》し出している。

そんなことを考えながら彼の表情に体を強張らせると、「しずくが慣れるように、たくさんしてあげるね」と囁かれる。胸を下から持ち上げるように揉まれて、お腹の奥が切なくなって身を捩《よじ》る。

「やっ、待ってくださっ……」

「しずく」

低い声で名を呼びながら耳朶《みみたぶ》を食《は》み、少し強く胸を揉まれて体が震えた。私がそれに弱いと分かっているのか、宗雅さんは胸の先端を弄《いじ》りはじめる。

「あっ……やあっ、あんっ」

「しずく、可愛いね。もっとその可愛い声を聞かせて？」

「ふあ、っ……あっ」

左右同時に触れられて、たまらず宗雅さんの手をぎゅっと握る。すると、咎《とが》めるように先端を強く摘《つま》み上げられ、体が大きく跳ねてしまった。

「宗雅さっ、お風呂の中は……ダメ、ですっ、ひゃんっ」

彼は私の胸をまるでオモチャのように弄《もてあそ》びながら、「大丈夫だよ。ちょっとだけ、しずくと触れ合いたいだけだから」と笑っている。

大丈夫って、なにが大丈夫？　私は全然大丈夫じゃないのに……

つんと立ち上がってしまった胸の先端を、彼の指先で嬲《なぶ》られると声が我慢できない。

宗雅さんの膝に座らされているせいかお尻のあたりに硬いものを感じる。その熱さにお腹の奥がズクリと疼《うず》いた。

宗雅さん、当たっているの。当たっているのだけれど、私どうしたら……

「しずく。体をこっちに向けて、僕に跨《またが》るように座って？　……うん、そう。いい子だね」

宗雅さんに言われるままに向き合うように座ると、褒めてくれた。

それは嬉しいのだが、先ほどはお尻に当たっていた硬い屹立《きつりつ》が、今度は際どいところに触れている。その熱に、そこからじんわりと痺《しび》れていくような感じがして少し腰を引くと、腰をグッと引き戻されてしまう。

「む、宗雅さん。あの……当たっています」

「なにが？」

「な、なにがって……ひゃあっ」

どう伝えればいいか分からなくて、私は再び逃げるように腰を浮かせた。すると、彼はそれを許さないとばかりに私の腰を掴んで、秘部にグッと押しあてる。その刺激に思わず体がしなると、彼は私の胸の先端を口に含んだ。

「んっ、宗雅さんっ……やぁっ」

体が跳ねる。その反応に気を良くした宗雅さんの唇が一瞬弧を描いた。「可愛いね」と甘い声で言いながら、また胸の先端を舐め上げ、吸い上げる。不規則に舌で扱《しご》かれ、脚の間には彼の硬い屹立《きつりつ》が押しあてられている。彼は私の反応を見つめながらもう片方の胸を揉んだり、親指の腹で捏《こ》ねたりしながら遊んでいる。抵抗しようにも力が入らなくて、されるがままだ。

頭がクラクラしてきたのは、宗雅さんが触れるからなのか、バスルームにいるからなのか……。のぼせたみたいに、体が熱くて火照《ほて》っている。お湯が沸騰《ふっとう》しているみたい。

「んっ、やぁっ……はぁ、っ、んぅ」

胸を弄《いじ》っている彼から目を逸らせない。まるで、見えない鎖に繋がれたように彼のすることを見つめつづける。ここはバスルーム。こんなことをしていい場所じゃない。それなのに、どんどん体が熱くなっていく。抵抗できない。いけないと言わなきゃいけないのに熱に浮かされて、とても止めることができなかった。

「あっ、宗雅さんっ……ひうっ、やああっ」

宗雅さんがニヤリと笑ったのと同時に胸を揉んでいた手が私の体を滑った。焦らすように腰からお尻を、そしてゆっくりと太ももをなぞっていく。その刺激に身を捩《よじ》ると腰を抱いている彼の手に力がこもった。彼が「逃げるなんて許さないよ、しずく」と囁き、内股の際どいところに手を伸ばす。

「やっ、待って……」

そんなつもりじゃなかったの……

私の体を滑る宗雅さんの手と、脚の間に存在感を示す硬い屹立《きつりつ》が、じっとなんてさせてくれなくて、つい体を捩《よじ》ってしまったのだ。

「違うんですっ……その、恥ずかしくて……」

慌てて首を横に振って、彼の手を止めるように自分の手を重ねると、「しずく」と低い声で呼ばれて、体が震えた。ゆっくりと手をどかすと、宗雅さんが満足そうに息を吐いた。

「当たっているのはいや?」

「いやじゃありません。でも、恥ずかしくて……」

「じゃあ、しずくのここが今どうなっているのか、言葉にして教えてくれたら、やめてあげるよ」

その言葉に顔がカァッと熱くなった。

自分のそこが、今どうなっているかなんて分からない。ただ熱くて疼《うず》いている。でも、そんなこと言えるわけがなかった。

「っ！　わ、分かりません！」

「分からない？　本当に？　じゃあ、教えてあげるよ。しずくのここはまだ触れていないのに、僕が欲しくて甘い蜜をあふれさせているんだ」

「〜〜〜っ！」

そ、そんなこと……

宗雅さんは指先で私のそこに触れ、秘裂をゆっくりと撫で上げた。お湯とは違うとろみをまとってぬるぬると滑る彼の指に、いやでも自分が濡れていることを理解させられる。

宗雅さんのものが当たっていたのだとしても、いつの間にこんなに濡れていたんだろう？　恥ずかしい。ここはバスルームなのに。

「やっ……ごめんなさっ、っぅ、ふぁっ」

「ほら。お湯とは明らかに違うとろとろしたものがあふれているよ」

宗雅さんは、私の淫らさを指摘するかのように蜜口をつつく。たったそれだけのことで腰が揺れた。

「あ、あの……私、その……」

「ねぇ、いつから濡らしていたの？」

「だ、だって……宗雅さんがあてるから……」

私がおそらく耳まで真っ赤になっているだろう顔で視線を逸らしながら謝ると、宗雅さんは楽しそうに笑う。舐められた胸の先端はぷっくりと主張し、ジンジンしている。

それに私の体は、はしたなくも宗雅さんを求めている。

私は恥ずかしさを誤魔化すように、彼にぎゅっと抱きついて、呼吸を整えるために息をついた。

「謝らないで。それより教えてほしいな。あてるからなに？」

「……体が熱いです」

「じゃあ、しずくはどうしてほしい？　言葉にしないと伝わらないよ」

宗雅さんの、その言葉にごくりと息を呑んだ。

本当はどうしてほしいかなんて分かっているくせに、全部言わせようとするなんて意地悪だ。彼を困ったように見つめると、その悠然とした表情と視線にとらわれる。すると、もう逃げられない。

「もっと触ってほしい……です。でも、昨日の今日でまだ違和感があって……ちょっと怖い、です」

「痛みは？」

「それはないのですが……。む、宗雅さんに触っていただけるのは、嬉しいです……けれど、今日はそういうのではなくて普通にイチャイチャしたりして過ごしたいです……」

もっと触ってほしいけれど、昨日初めてを散らしたばかりだったので、少し怖かった。触れ合いは、こういうこと以外でもできると思うの。普通に抱き合って過ごすだけでも、この熱さや疼《うず》きが満たされる気がするの。

ダメですか？　という思いを込めて、ジッと彼を見ると、彼は私の背を撫でた。その手の温かさに強張っていた体から力が抜ける。

「ごめんね、もう少しだけ君に触れたいんだ。痛いことも怖いこともしないから」

彼の宥《なだ》めるような優しい声音に、私は抱きつくように彼に身を寄せた。応えてあげたい。そう思ってしまった。

少しだけなら大丈夫よね……

私は覚悟を決めるために深呼吸をしてから頷いた。

「怖いことをしないなら……」

「うん。絶対にしない。もし怖くなったら言って。その時はちゃんとやめるよ」

「は、はい。あと、恥ずかしいこともあまり言わないでほしいです。もちろん、宗雅さんがそういうのを好きなら、私……頑張りたいです。でも、昨日の今日ではその、まだ慣れなくて……」

「そうだよね……。うん、わかった。ゆっくり慣れていこうね」

宗雅さんの言葉に胸を撫で下ろし頷くと、彼は私の腰を掴んで浴槽の縁に座らせた。縁と言っても広く取られている端のほうなので安定感があるけれど、彼の意図が分からなくて私は胸を隠しながら困ったように見つめた。

すると、彼は私の脚をグッと左右に開いた。突然のことに驚いた私は体勢を崩し、バスルームの壁に背中を預け、胸を隠していた手で縁を掴む。

「宗雅さん、あの……」

恥ずかしい……！　だって、彼の顔が私の脚の間にある。

「大丈夫だよ、舐めるだけで、怖いことはしない。それにただイチャイチャして触れ合うだけじゃ、この熱は引かないよ。それでもいいの？」

そ、そうなの？　ずっと熱いままなのは困る。でも舐めるだなんて……ここはバスルームなのに。だからといって、ベッドの中でも恥ずかしいことには変わりないのだけれど。

「それとも僕に触られたくない？」

フェロモンでも垂れ流しているのでは？　と聞きたくなるような上目遣いで見つめられて、全身の体温がまた上がった気がした。

「そんなことないです!!」

宗雅さんはズルい。私が否定することを分かっていて、わざとそんな言い方をしている。彼は問いかけているけれど、逃げるのは許さないと言われているように感じる。

宗雅さんは満足そうに笑い、左右に開いた脚の間に顔をうずめて、舌を伸ばしてきた。

「ああっ！」

舌先で花弁を割り広げられ、舌ですくうように愛液を舐め取られる。

彼は私の腰が跳ねないように、両手でしっかりと固定しながら、秘裂の上でひっそりと息づく花芽の薄皮を剥いて、吸いついた。

「ひゃあっ、あっ……宗雅さんっ」

絶妙な舌づかいで花芽を吸われて、腰が跳ねそうになる。それなのに、彼の両手が私の脚に巻きついていて、それすら許してもらえない。快感を一切逃せなくて、片手で口を押さえた。

やだ、気持ち良すぎて、大きい声が出ちゃいそう……

バスルームに水音と自分の甘い声が響く。お風呂に入る時はこんなことになるなんて想像すらしなかったけれど、彼の舌に翻弄されてどんどんわけが分からなくなってきた。

いやらしい音を立てながら、楽しそうに私のことを舐めて、滴《したた》る愛液を啜《すす》る。まるで飲まれたり食べられたりしているようで、お腹の奥がきゅうっとなる。

「む、むねまさっ、さんっ……ひあぁっ」

そ、それにお湯の中に見える彼の硬い屹立《きつりつ》がパンパンに反り返り、お臍《へそ》につきそうだった。

とても苦しそうなのに、一生懸命舐めてくれている。その献身が嬉しかった。恥ずかしさや昨夜の違和感よりも私をいたわってくれる彼に応えたい。素直にそう思った。

「ふあぁっ、やぁああっ」

そんなことを考えていると、宗雅さんの舌が蜜口を丹念に舐《ねぶ》ったあと、中にグニグニと入ってきた。思考がそちらに集中させられ、彼がくれる刺激に目の奥がチカチカする。

刺激から逃れるために、思わず彼の頭を押すと、閉じていた彼の目が開いて、私を捉える。視線が絡み、彼は楽しそうに目を細めると舌で中を舐《ねぶ》りながら、指の腹で花芽をぎゅっと押し潰した。

「あっ……そんな、やだやだぁ、やめっ、ひゃんっ」

それ無理なの。気持ち良すぎて、どうにかなっちゃいそう。

彼の舌が、触れる手が、羞恥心を分からなくさせて、私を快感の海に沈める。まるで、すべてを見せろと言われているようで、彼が私を翻弄し暴いていくような錯覚に囚われた。

気持ち良すぎて、腰も脚もガクガクしてきて、私は縋《すが》るように両手で彼の髪を掴む。

「ひうっ、ああ……っ、ん、っふぁ」

昨夜、初めてを捧げたばかりで、まだ違和感が拭いきれていなかったというのに、いつの間にかそんなものはなくなって、ただ気持ちいいだけになっている。昨夜からずっとはしたないところしか見せていない気がする。どうしようもなく恥ずかしいはずなのに、そんなのもうどうでも良くて、自分の中でなにかが弾《はじ》けそうになる。

「やだぁ、なんかくるっ」

もうダメと思った瞬間、彼は私の中から舌を引き抜き、花芽を弄《いじ》っていた手も離した。

え……？

「やっ、宗雅さんっ……どうしてっ」

弾《はじ》けそうだった快感を取り上げられて、私は目から涙をこぼした。

「だって、しずくが『やだ』って言ったんじゃないか」

「っ!?」

宗雅さんの意地悪な笑みに、私は目を大きく見開いた。

そんな……そんなこと言った？　正直なところ、宗雅さんがくれる快感に夢中で、自分がなにを言っているかなんて分かっていなかった。

私は、ふるふると首を横に振った。

「あ、あれはそんなつもりじゃなくて……」

「じゃあ、どんなつもり？」

「…………無意識で。いやじゃないんです。いやじゃないけれど、つい……」

私がごめんなさいと謝ると、宗雅さんの意地悪な笑みが濃くなる。そして、彼は私の脚を湯船の縁に上げさせ、大きく開かせた。とっさに制止の言葉が出そうになったが、また「いや」と言わないように手で口を覆《おお》うことでなんとか呑みこんだ。彼は指を使って私の中を広げ、まるで観察でもするかのようにじっくりと見ている。

やだぁ、見ないで。恥ずかしいの。

羞恥心で死ねるなら今死んじゃえそう。でも、とめることはできない。

「本当だ。しずくのここ、充血してヒクヒクしてる。僕がわざわざ広げなくてももう充分なくらい開いて、ものほしそうだよ」

「〜〜〜っ！」

そ、そんなこと言わないで。あまり恥ずかしいことはいやだって言ったのに……。でも、そう私を責める彼の表情は、いつもの余裕をなくしているように見える。

だったら頑張りたいと思う気持ちと、彼の恥ずかしい言葉に戸惑いを隠せない自分がいた。恥ずかしくて泣きそうなのに、彼のために頑張りたい、もっとしてほしいと思う気持ちが、少しずつ大きくなっていく。私はただでさえ熱い顔をさらに熱くして手で顔を覆《おお》い隠す。

「しずくはどうしてほしいの？　さっきも言ったでしょう。言わないと分からないって。

ほら、ちゃんと言葉にして教えて？」

「えっ……あ、あの……もっと、もっとして、ください」

私はもう必死だった。全身の体温が急激に上がるのを感じながら、彼の目を見ないようにぎゅっと目を瞑《つぶ》って、なんとか言葉を絞り出す。すると、彼が嗜虐的《しぎゃくてき》に笑った。

「やっぱり、しずくのいやはもっとだね」

「そ、そんなんじゃ」

「隠さなくても大丈夫だよ、もう分かっているから。でももっとってなに？　イカせてほしいなら、ちゃんとイカせてほしいって言ってくれないと」

「〜〜っ……イ、イカせて、ください」

宗雅さんは、「イキたいんだ？」と揶揄《からか》うように囁く。わざわざ確認されたことで、顔から湯気が出そうになりながら、小さく頷いた。

「しずくはいやらしいね。昨日、処女じゃなくなったばかりなのに、もう快感を求めてねだるんだ？」

「ち、違っ」

「違わないでしょう。しずくの中、ぐちょぐちょだよ。僕の指に吸いついて離してくれない。それにほら、僕の手をつたって君の甘い蜜がどんどん垂れてくる」

宗雅さんは中に指を沈めて、浅いところを抜き挿ししながら、ゆっくりと内壁を擦り上げる。指摘されて恥ずかしいのに、私はバスルームの壁に背中を預け、脚を大きく開いたまま、しとどに愛液をあふれさせていた。今は私を辱《はずかし》める言葉だって快感へのスパイスだ。

私、どうしちゃったのと思うのに、もう止まらない。止まれない。宗雅さんが中をかき混ぜるたびに、じゅぷっというやらしい水音がする。それすらも気持ち良くてたまらない。

「もう指を二本呑みこんだよ。それに中、トロトロ。昨日に比べるとよく解《ほぐ》れているよ。どう？　気持ちいい？」

「あっ、はぅ、っ……」

二本の指で中を広げ覗きこむ彼に、私は真っ赤になって頷いた。

中を広げて覗きこまないでほしい。恥ずかしくて恥ずかしくて、どうにかなりそう。

「そろそろ我慢の限界かも。ねぇ、挿れていい？」

宗雅さんは立ち上がり、私の秘裂にぬるぬると擦りつけながら、そう問いかけた。

「は、はい……」

私は息を呑んで、頷く。すると、宗雅さんの硬い屹立《きつりつ》が、蜜口にハメられた。

胸が熱くなる。また彼に悦《よろこ》んでもらいたい。

恐怖より、彼を受け入れたい想いのほうが勝《まさ》った。

「私を宗雅さんのものにしてください。昨夜よりも……ちゃんと……」

「嬉しいな。それって僕にすべてを預けてくれるってことだよね？　恥ずかしいことにも耐えられる？」

恥ずかしいこと？　それって、彼との恋人らしい触れ合いに慣れたり、たまに宗雅さんが言う恥ずかしい言葉にも慣れなきゃいけないってことよね？

恥ずかしいけれど、それでも彼が喜ぶなら受け入れたいと思い、頷く。

「ダメだよ、しずく。ちゃんと僕に委《ゆだ》ねるって言葉にしないと。ほら、言って。僕のものになるって。しずくのすべてを僕の好きなようにしていいって、ちゃんと君の言葉で聞きたい」

私の言葉で……

私はゴクリと息を呑んだ。私の一挙手一投足を取りこぼすことなく見つめる彼の熱い目を見つめ返す。

恥ずかしいけれど、宗雅さんのものにしてもらうんだから、ちゃんと言わないと。

「わ、私、恥ずかしいことにも慣れるように、いっぱい頑張ります。だから、私を宗雅さんの好きなようにしてください」

「いい子だね。じゃあ、覚えておいて。この先、君を啼かせるのも、快感を与えるのも、それを取り上げるのも僕だけだということを。君のすべては僕のものだよ」

そう言った彼の言葉に反射的に頷いた。

なんだか分からないけれど、彼の声音も雰囲気もすべてがそうしなきゃいけないと言っている気がして、頷かざるをえなかったのだ。でも、これは紛れもなく私の意思。

彼は私の頬を褒めるように撫でたあと、ゆっくりと腰を進めて私の中に入ってきた。

昨夜のような痛みはないけれど、いっぱい広がって苦しい。

「んっ、っぅ……っく」

彼にしがみついて息を吐く。

宗雅さんにたくさん慣らしてもらったけれど、内壁を先端で押し広げられるように擦られると、やっぱりまだ苦しい。でも、いっぱい舐めて濡らしてもらっていたせいか、ちゃんと根元まで入った。それがすごく嬉しい。

「どう？　痛くない？」

「痛くない、です……でも、いっぱいいっぱいで奥が少し苦しいです……あっ、まだ動かないでっ」

答えている途中に腰をグラインドさせた宗雅さんの首にしがみついて、私は悲鳴に近い声を上げた。それなのに宗雅さんは、聞いてくれない。

「やぁっ、待っ……待って、ひあっ、あっ」

「痛くないなら頑張ろうね。しずくは僕のものになるんでしょう？　なら、ダメかを決めるのは君じゃない。僕だ。さっき約束したよね？」

有無を言わせない表情と声音でそう言った彼に、お腹の奥がきゅうっとなる。

確かに先ほど私は、宗雅さんの好きなようにしてくださいと言った。なら、頑張らなきゃ。これは宗雅さんのものになるために必要なこと。

私が決意したその時、ゆっくりと引き抜かれた屹立《きつりつ》にぱちゅんと一気に最奥まで穿《うが》たれた。

「あぁぁぁっ!!」

大きな快感に喉を反らして悲鳴を上げると、それによってさらけ出された喉元に噛みつくように吸いつかれる。宗雅さんのもので入り口から奥まで引っ掻くように擦り上げられると、言葉にならない声がひっきりなしに漏れ出た。いつしか違和感や圧迫感はなくなって、私は宗雅さんが与えてくれる快感に溺《おぼ》れていく。

気持ちいい、気持ちいいの。

「はぁ、あんっ……ひゃっ、あっ……あぁっ」

蠕動《ぜんどう》し絡みつく内壁を押し開き、しっかりと根元まで挿れて奥を抉《えぐ》る。彼の大きなもので中がみっちりと満たされて、私は泣きながら彼に縋《すが》った。

前も後ろも分からないし、のぼせそう。

お風呂の湯気と私達が吐く息が、体中にまとわりついて熱い。

「しずく、すごいね。もう僕のカタチになったの？　いい子……」

吐息混じりに褒めてくれた彼は、私の脚を体につくくらい持ち上げると、腰の動きを速めた。奥深く穿《うが》たれ、先端で最奥を押し上げるように突かれると、もうなにも考えられない。彼の荒々しい抽送にもう我慢なんてできなくて、私が一際大きな声を上げた途端、なにかが弾《はじ》けて頭の中が真っ白になった。

「あぁ――っ!!」

その瞬間、体から力が抜けて宗雅さんに支えられたのが分かったけれど、そこで私の意識はぷつりと切れた。

4

今日は仕事のあと宗雅さんの実家にご挨拶《あいさつ》に伺うので、早起きをしていつも以上にメイクに時間をかけた。受けのいい上品なメイクを心がけ、仕事にも挨拶《あいさつ》にも相応《ふさわ》しいネイビーのシフォンワンピースに身を包みジャケットを羽織る。

「こんな感じでいいかしら？」

なにも変なところはないわよね？　鏡に映る自分を穴があきそうなくらい見つめた。

装いだけでなく、仕事もテキパキとこなさないと。私はたまに先輩方に迷惑をかけてしまうことがあるし、宗雅さんにもフォローをしてもらうことがある。

私は怠《だる》い腰をさすりながら、そう決心した。すると、彼が私の手を取って、後ろからぎゅっと抱きついてくる。

「今日は気合いが入っているね。しずくは落ち着けばうまくできるんだから、もう少し肩の力を抜こうね」

「ですが、秘書としても宗雅さんの婚約者としても、仕事はできないと……。社長であるお父様にも認めていただきたいですし」

「ははっ。大丈夫、大丈夫。しずくは充分良くやっているよ。それにしずくのことを認めているから、僕達の縁談が決まったんだよ。心配しなくて大丈夫」

よしよしと頭を撫でられると、子供扱いされている気がして、不満顔で彼を見た。すると、「誘っているの？」とスカートの中に手を入れられそうになったので、全力で首を横に振り、「お仕事に行かないと！」と叫んだ。

危ないわ。宗雅さんのスキンシップの激しさをなんとかしないと、いつか本当に遅刻しそう。宗雅さんも冗談のつもりではあるんだろうけれど、いちいち心臓がもたないのでやめてほしい。

「でもいいんですか？　本来なら秘書である私は宗雅さんより早く行くべきなのに……」

宗雅さんは、私と出社時刻を合わせると言った。

鼻歌混じりに駐車場へ向かう彼について歩きながら、もう一度問いかける。秘書は社長や副社長より早く出社し、その日のスケジュールの確認や仕事の準備などを済ませておくのが一般的だ。

私は普段宗雅さんより一時間半前に出社して、先輩達と分担して副社長室の簡単な掃除や書類の整理をしている。早く準備が終われば、宗雅さんの出社時刻に合わせてコーヒーを用意したりもする。正直なところ一緒に来られると困るのだ。

何度も止めたけれど聞き入れてもらえなかったので、多分無駄だとは思うが、念のためにもう一度確認する。考えを変えてくれたらいいのに、と思って……。

「いいんだよ。僕がしずくと一緒にいたいだけ。それに今日は実家に行くんだし、早く仕事を終わらせないと」

今日だけじゃないくせに……。きっとこれからも出社時刻を合わせるつもりに決まっている。私は気づかれないように溜息をついた。

車に乗りこみながら、宗雅さんは楽しそうにしている。これ以上抵抗すると「そんなにお仕置きされたいの？」と言って迫ってきそうなので、ここは大人しく従っておこうと思う。

実は昨夜お風呂で気を失ったあと、宗雅さんは私をベッドに連れていき介抱してくれた。そこまでは良かったんだけれど、私が目を覚ますと「まだ足りない」と言われて襲われてしまった。私がもう無理だと言っても、「それを決めるのは僕だって言ったでしょう。それとも、お仕置きされたくて言ってるの？」と、何度も啼かされた。宗雅さんがしたいことの邪魔をすると啼くことになると、私は昨夜で少し賢くなったのだ。

でも、副社長がいつもより早く出社してきたら、皆が慌てると思う。しかも一緒に出社だなんて、大丈夫かしら。

仕事中は公私を分けるためにも、お付き合いを始めたことは隠したいとお願いしたのに、「すぐに副社長夫人になるのに隠す意味ないよ」と取り合ってくれなかった。正直なところ、少し憂鬱だ。宗雅さんは人気があるので、多少のやっかみは覚悟しなきゃいけないだろう。皆さん大人なので、まさかあからさまないやがらせとかはないと思うけれど、心配だ。

そして案の定、会社に着くと宗雅さんが私のことを『婚約者』と紹介した。その瞬間皆がピシッと固まり、私は質問攻めにあってしまった。

「それで？　いつから、そんなことになっていたの？　まさか入社する前から？」

「昨日まで二人とも、まったくそんな素振りなかったのに。いつの間に……」

「えっと……以前からお互いの家でそういう話はあったんですが、付き合い始めたのは最近です」

嘘はついていないわ、嘘は。でも、まさか一昨日からです。とは言えなかったので、時期については濁しておいた。

「そうだったのね。おめでとう、応援するわ。でも、あの副社長とね……立花さん、誰かに虐《いじ》められたら言うのよ。我慢しそうだから心配だわ……。私も気をつけておくし、なにかあった場合はその都度《つど》ちゃんと相談しなさいね。副社長でも私でもいいから。貴方は一人で判断しないこと」

「困ったことがあったら、なんでも言ってくるといい。これでも副社長の秘書になって長いし、機嫌の取り方くらいは分かるから喧嘩した時とか役に立てると思うぞ」

「はい！」

先輩の鮎川さんと笹原さんは私の肩を軽く叩きながら、応援してくれる。そのことにホッとした。でも、それ以上に二人が認めてくれたことが、とても嬉しい。

「ありがとうございます。でも、副社長は優しいので大丈夫だと思います」

「甘いわよ。手綱《たづな》はしっかり握らないと。というかね、貴方と副社長が婚約するって話を副社長が楽しそうに社内のいたるところで吹聴《ふいちょう》していたから、ちょっと注意しておいたほうがいいと思うわ。まあ、もう遅いだろうけど……」

「えっ？」

「あーあ。早速喧嘩かな？」

鮎川さんの言葉に目を剥くと笹原さんがニヤニヤと笑う。

喧嘩はしない。しないけれど、ここはちゃんとやめてほしいって言わなきゃいけないところだと思う。私はすぐに宗雅さんにやめてとお願いしたが、当然のことながら聞き入れてはもらえなかった。

……もういや。

「私、疲れました……概《おおむ》ね、宗雅さんのせいで」

「ははっ、お疲れさま」

終業後、不満をこぼしながら副社長室のソファーで項垂《うなだ》れていると、宗雅さんがお茶を淹《い》れてくれる。ちなみにイタリアの有名メーカーのアールグレイらしい。

そのお茶を飲んで、ホッと一息つく。

今日は本当に疲れた。秘書室にいる時はいいのだけれど、一歩外に出ると皆にひそひそと「あの子が……」と言われる。

そのたびに心底ゲンナリさせられた気持ちをこの人は分かっているのかしら？　分かっていないんだろうな。

私はジットリとした目で宗雅さんを見つめた。

「宗雅さん……何度も言いますけれど、やめてください。先輩方に報告することは承知しましたが、社内に知れ渡らせることについてはＯＫしていません」

「えー、別に良くない？　隠す意味ないよ」

「ですが、秘書室から一歩出ると、皆にひそひそと噂される私の身にもなってください。すごく疲れるんですよ」

まあ宗雅さんは、今朝私が皆に嫉妬《しっと》されそうで怖いと言うと、「必ず守るし、誰にもなにも言わせるつもりはない」と言っていたので、本当に誰にも反論させるつもりはないのだと思う。でもだからと言って、『私が宗雅さんの婚約者なのよ』という顔で社内を歩けるほど、私の肝は据わっていない。私達の結婚は利益を目的とした政略結婚なので、そもそも社員の皆は口出しなんてできないんだろうけれど、それでも堂々とはできない。

「なに言われたの？　もしなにか許容できないことを言われたり、されたりしたら、すぐに言うんだよ。対処するから」

対処ってなにをする気ですか？　と聞けない私はティーカップを見つめながら、はぁっと溜息をついた。

「別に、対処が必要なことはなにもありません。皆さんはただ、ずっと誰ともお付き合いをしなかった宗雅さんが、突然婚約したので驚いているんですよ。宗雅さんは気づいていないかもしれませんが、社内では結構人気あるんですよ。狙っていた女性社員も少なくないと思います」

「はは、狙っていた女性社員？　いるかな？」

「います！」

「そう？　上司とそういう関係になりたい人なんて中々いないって。しずくは気にしすぎ」

宗雅さんは私の言葉にクスクスと笑う。

自分のことが分かっていないのか、それとも分かっていて分からないふりをしているのか。そもそも、この手の話にちゃんと答える気がないのかもしれない。まあ、学生の時から人気者だったので、彼には日常なのね。

私はほうっと息をつき、宗雅さんを横目に見ながらまた紅茶を一口飲む。

「あ……この紅茶美味しいですね」

「それは良かった。それ、弟のところから拝借してきたんだよね。最近付き合い始めた彼女が好きなお茶らしくて」

「っ⁉」

「この前、雅佳の家に遊びに行った時に、勝手に持ってきちゃった」

そう言って笑うので、私は飲んでいたお茶を噴き出しそうになって、慌ててハンカチで口元を拭う。

雅佳さんって恋人がいたのねという驚きと、勝手に持ってきたお茶を飲んでしまったという衝撃で、私は彼に非難の視線を送った。けれど、彼は飄々《ひょうひょう》としている。

「待ってください。怒られませんか？　ただでさえ、怖い方なのに……」

「別にいいんじゃない？　紅茶くらい、また買えばいいだけでしょ。これ、僕が飲んでみたかったイタリアの紅茶なんだよね。あ！　それより今日は雅佳、家にいるかなぁ。彼女に会ってみたいんだ。連れてきてって言ってみようかな」

「い、言わなくていいです！」

家にいないほうが好都合……じゃない。ちょっと安心だ。わざわざ呼ばないでほしい。あの冷たい雅佳さんが、恋人の前ではどんな顔をするのかは多少興味があるし、手紙の件で宗雅さんに群《むら》がるその他大勢だと思われている誤解も解きたい気はするけれど、でもそれ以上に会いたくない気持ちのほうが大きい。

スマートフォンを取り出して電話をかけようとしている宗雅さんの手を掴んで止めようとした時、突然ドアがノックされた。

「なんだろう。誰かな……。今日はこのあと誰かに会うつもりはないんだけどな……」

宗雅さんは腕時計を見ながら、「用があるなら内線かけてくればいいのに」と呟いたので、「私が用件を聞きます」と言いながらドアを開けた。その瞬間、硬直する。

「社長……」

目の前にいたのは、片岡グループを統括している本社の社長、宗雅さんの父だった。焦げ茶色の髪をオールバックにし、清潔感のある素敵なおじ様という感じ。顔立ちは宗雅さんよりも弟の雅佳さんに似ている。入社時に、一度ご挨拶《あいさつ》したきりだった。

今日、挨拶《あいさつ》に伺うはずの方が突然目の前に現れて、私はそのまま動けなくなってしまった。

「社長、どうなさいました？」

私が固まっていると、後ろから宗雅さんが顔を覗かせた。いくら親子といえど、社内では上司と部下だ。そこの線引きはちゃんとしているらしく、彼は敬語で声をかける。

社長は「就業時間は終わったのだから、畏《かしこ》まらなくていい。今は親として話がある」と前置きをして、今日社内である噂を耳にしたと言った。

宗雅さんがなにも考えずに色々なところで話すから、社長の耳にまで……

私は宗雅さんをそっと睨《にら》んだけれど、彼はそんな私の視線を気にせず笑っている。

「しずくさんとお付き合いを始めたというのは本当か？」

社長は私にチラリと視線をやる。

宗雅さんは実家を出て一人暮らしをしているので、終業後に尋ねたほうが早いと思ったのかもしれない。けれど、彼の実家に向かう前にバレてしまった私はたじたじだ。

「ええ。たちばな銀行のお嬢様であるしずくさんと、先日から結婚を前提にお付き合いすることにしました。それに関して話すために、今日実家に行くつもりだったんですよ」

なんだか、わざと強調されている気がして、私はひぇっと声をもらした。社長が「すべてバレているのか？」と目配せをしてきたので、私は小さく頷いた。

「そうか……。なら、家で話そう。母さんも喜ぶだろう」

「じゃあ、雅佳も呼んでほしいな。あいつの彼女に一度会っておきたい」

「いや、音夏《おとな》ちゃんは大学院で薬の研究が忙しいらしくて、中々呼ぶのは難しいんだ。私達も数回しか会えていないから、今日もおそらく無理だろう。まあ、時々は来てくれる。宗雅も頻繁に帰ってくれば、そのうち会えるだろう」

「頻繁ねぇ。それなら、雅佳とその彼女を直接呼び出したほうが早そう……」

きっとその音夏さんが雅佳さんの婚約者なのだろう。

音夏さんはどちらのお嬢様なのかしら？　雅佳さんと仲良くできなかったとしても、義姉妹になる音夏さんとはぜひ仲良くしたいわね。

私達は、その後宗雅さんの実家へと場を移した。

家に入ると、社長が「少し宗雅に話がある。書斎に来てくれ」と言った。宗雅さんはすぐ戻ってくるからと言って、私を置いて書斎に行ってしまった。

「……」

初めて伺うお家でこれは気まずい。二人が戻ってくるまで宗雅さんのお母様と二人きりになるなんて……私は頑張ろうと心に決めて、お手伝いさんにリビングへ案内してもらった。すると、リビングのドアを開けた瞬間、誰かの声が聞こえる。

あら？　ほかに誰かいるのかしら……

「ねぇ、雅佳。お母様って、どれくらいかかるのかな？　私、そろそろ研究室に戻らないと……」

「さあ……」

「さあってなによ……。はぁ、雅佳が外で待ってくればいいって言うから来たのに、捕まるなんて……」

「それは引き止めた母さんに文句を言ってくれ」

目に映ったのは、雅佳さんと白衣を着ている女性がなにやら言い合っているところだった。

語気は強いのに、雅佳さんは冷たい顔をしておらず、とても優しい顔で女性を見つめている。

「あれ？　雅佳。誰か来たみたいだよ」

私に気づいたその人は、雅佳さんの肩をトントンと叩く。すると、雅佳さんは呆然と入り口に立っている私を一瞥《いちべつ》したあと、すぐに視線を戻し、「ああ、兄の婚約者だろう」と言って立ち上がった。

雅佳さんは、私のことを覚えていないのかしら？　覚えていなさそう。あぁ、良かった。

胸を撫で下ろしている私に、雅佳さんの恋人らしき女性が恥ずかしそうに立ち上がって頭を下げてくれる。どうやら、言い合いをしていたところを見られて、ばつが悪いようだ。

「ご、ごめんなさい。見苦しいところをみせてしまって……」

「いいえ。あの……貴方が雅佳さんの恋人の音夏さんですか？」

「はい、浅葉《あさば》音夏です」

ニコッと笑って握手を求めてくれたので、私も「立花しずくです。雅佳さんのお兄さんとお付き合いをさせていただいています」と自己紹介をして、彼女の手を握る。雅佳さんは、彼女の横でにこやかに立っている。まるで好青年のような笑顔で、私は正直なところ驚きを隠せない。

やっぱり恋人と一緒だから機嫌がいいのかしら？

「兄はいないのか？」

「え？」

「いや、君は兄の婚約者だろう？　一緒に来ていないのか？」

「あ……今彼は社長と一緒に書斎へ行っていて」

びっくりした。雅佳さんが普通に話しかけてくる。以前の冷たい彼の面影はどこにもない。声色も雰囲気も柔らかく優しげだ。正直、誰？　と聞きたいくらい別人だ。冷たい顔だと似ていないと思っていたけれど、優しげな彼は宗雅さんに似ている。

「そうか……。音夏、どうする？　兄に会っていくか？」

「でも、時間が……」

顎に手を当ててなにかを思案したあと、雅佳さんは音夏さんの顔を覗きこみ問いかけた。

音夏さんは先ほどのこともあり、やや気まずそうだ。気にしなくていいのに。むしろ、私にはまだできないことなので、羨ましいくらいだ。

彼女のことをチラッと見る。シニヨン風に髪をまとめていて可愛らしいけれど、仕事ができそうな感じの女性だ。白衣のせいか女医さんに見えてしまうけれど、社長が大学院で研究に忙しいと言っていたので、雅佳さんと同じ院生よね。

そういえば、宗雅さんのお母様はこちらにはいないのかしら？

「奥様はどちらにいらっしゃるんですか？」

「母は君が来ると聞いて、嬉しそうに買い物に出かけた。そろそろ帰ってくると思うが……」

「そうなんですね。ありがとうございます」

「だが、俺達はそろそろ研究室に戻らないといけないんだ」

「もうすぐ二十時になるのにですか？」

大学院って、そんなに遅くまで残って勉強しないといけないところなのかしら？　そういえば、音夏さんも「時間が……」と言っていたし、学生といっても大学院生はとても忙しいのね。私はふむふむと相槌《あいづち》を打って、「忙しいんですね」と言った。

「常にってわけじゃないんですけど、もう少し詰めなきゃいけないものがある時は、遅くまで残ることもあるんです」

「音夏はいつも残っているけどな……。放っておいたらまったく帰らない、と教授が呆れていたぞ」

「気のせいじゃない？　最近では、雅佳と一緒にいることが多いし……」

「ほかの学生に比べれば異常なほど、研究室にいると思うぞ。まあ、俺は別に研究室でも俺の部屋でも、音夏といられるならどこでもいいが」

とても仲が良さそうな二人の会話に私は少しドキドキした。声も表情も記憶と違う。私は失礼だと思いながらも音夏さんのことが本当に好きと分かる雅佳さんを、見つめた。

過去の記憶から察するに、雅佳さんっていやなことははっきりいやって言うタイプよね。もしかすると宗雅さんと同じで、有無を言わさないところもあるのかもしれない。

音夏さんは、そういう時どう返しているのかしら？　詳しく聞いてみたいわね。

音夏さんと恋バナとかをしたい私は、いけないとは思いつつも、二人の会話を遮《さえぎ》った。

「あ、あの……もうすぐ社長と宗雅さんが書斎から戻ってこられると思うので、帰るのはそのあとにできませんか？　私、音夏さんとお話ししたいです。お二人はもう婚約なさっているかとか、大学院で出会われたのか、とか。あ……お二人はもしかして政略結婚ではないのでしょうか？」

「ごめんなさい。時間がないので、それは……」

「あ、いえ……忙しいんですものね。仕方ないです。無理を言ってごめんなさい」

でも、ちょっと残念だわ……。本当にほんの少しも時間がないのかしら？　と思っていると、雅佳さんが私に頭を下げた。そのことに驚いて、一歩後退る。

雅佳さんが、私に頭を下げるなんて……！

「すまない。皆との顔合わせは今度にしてもらえると助かる。今は本当に忙しい時期なんだ。あと、俺達は普通に出会い付き合っている。俺は家を継がないからな。政略結婚の必要はないんだ」

「そうだったんですね」

「本当にごめんなさい。あと、半年くらいしたら落ち着くので、その時にはゆっくりとできます……。なので、その時に……」

音夏さんは申し訳なそうに謝ってくれたが、やんわりと半年後まで会えない宣言をされてしまった私は、なんと返していいか分からず、戸惑いつつ受け入れる。というより、受け入れるしかなかった。ここに宗雅さんがいてくれれば、うまく取りなしてくれたかもしれないけれど、私ではこれ以上は無理そうだ。

宗雅さんが、音夏さんに会いたがっていたのだけれど仕方がないわよね。

私はやや気が弱いところがあるけれど、音夏さんは自分の考えをしっかり持っているようだ。雅佳さんもいやなことはいやだとはっきり言う人のようなので、そういうところが合っているのかしら。今日接してみて、実は雅佳さんのほうが話しやすいのかもしれないと思った。今の彼は好青年という感じだし、かつての冷淡さはもうない。それもそうだ。彼は群《むら》がってくる人達を嫌っているのであって、すべての人にそうではない。

宗雅さんの婚約者である私に冷たくする必要がないせいか、優しげに接してくれる。長年の苦手意識がちょっぴり解消された瞬間だった。むしろ、人当たりが良く社交的に見える宗雅さんのほうが、実際は他人との線引きが激しい気がする。

その後、せめて奥様が帰ってくるまでと引き留めたが、二人はあっさりと帰っていってしまった。帰り際、音夏さんは雅佳さんの腕に自分の腕をするりと絡めて去っていった。あまりにも自然な動作で、正直なところ羨ましくてたまらない。

確か、お義父《とう》様が二人はお付き合いを始めて三カ月と言っていた。私も三カ月後には宗雅さんの腕に自分から……

「頑張りましょう。私だってやればできるわよね」

三カ月後といわずに、帰る時に挑戦してみようかしら？

二人を見送ったあと、自然に触れるようにしようと張り切っていると、玄関のドアが開く。思わず肩を跳ねさせた刹那、とても宗雅さんに似ている女性が現れた。

ゆるふわの茶色の髪が腰まである、つい見とれてしまう綺麗な人。この方が宗雅さんのお母様だと、私は確信した。

「あ、あの奥様ですか？　お邪魔しています。立花しずくと申します」

「あら、奥様だなんてやめてほしいわ。貴女は私の娘になるのだし、お義母《かあ》様と呼んで」

「はい！」

宗雅さんのような人好きのする柔らかい笑顔につられて私も笑った。

雅佳さんは社長似で、宗雅さんはお義母《かあ》様似なのね、と考えながら、「遅くなってごめんなさいね」と気遣ってくださるお義母《かあ》様についてリビングへ戻った。

◆　◇　◆

その後、お義母様《かあ》とお茶の用意をしていると、社長と宗雅さんが書斎から戻ってきたので、私は二人にお茶を出した。

「どうぞ」

「ありがとう、しずくもこちらに来て一緒に飲もう」

「はい、ありがとうございます」

宗雅さんの隣に座り、彼のご家族とお茶を飲める。とても嬉しくて、思わず顔が綻《ほころ》んでしまう。

「そういえば音夏ちゃんと雅佳、帰っちゃったのね。皆で食事ができると思っていたのに残念だわ」

やっぱり帰らせてしまってはいけなかったのだわ、どうしよう。

「ご、ごめんなさい。引き止めたんですが、お忙しいらしく……」

「あら、しずくちゃんが気にすることじゃないのよ。あの二人、忙しいっていうより研究バカなの。家族より研究第一なだけだから気にしないでちょうだい」

「そうなんですね……」

とても勉強熱心な人達なのね。好きなことも勉強している分野も同じって素敵よね。将来、公私共にお互いを支えられるもの。私も、そうならなくちゃ……

私が心の中でそう考えている間も、宗雅さんは社長となにかを話していた。その楽しそうな様子が気になって、会話に耳を傾ける。

「ストッキングかぁ。僕はストッキングより生脚のほうがいいなぁ。あ、でも破くのは好きかな」

え？　なんの話？

私がギョッとすると、二人は私の様子に気づいていないのか尚も話を続ける。

「そうか？　私はストッキングの手触りが好きだがな。それにガーターストッキングを穿《は》いた母さんは扇情的で美しく、ついついひざま……」

「そこまでよ。やめなさい！」

「っ⁉」

突然、社長と宗雅さんの頭をスパーンと叩いたお義母《かあ》様に、私は心臓が飛び出そうなくらい驚いた。

突然変なことを話し出した二人にも、お義母《かあ》様にも驚いて、大きく目を見開いたままでいると、お義母《かあ》様がのんびりと言う。

「ほら、しずくちゃんが驚いているじゃない。ごめんなさいね。片岡の男は皆、変態なの」

「へ、変態……!?」

変態って……

私が目を瞬《しばた》かせると、お義母《かあ》様が意味ありげにゆったりと微笑む。

む、宗雅さんはベッドの上では少々優位に立ちたがるところがあっても、変態というほどではない気がするのだけれど……。あ、Sの気があるって言っていたことかしら？

Sって変態なの？　そういうことをするのは宗雅さんが初めてなので、よく分からない。

でも、私は宗雅さんが変態でもSでも好きだという気持ちに変わりはない。それに宗雅さんは私が本気でいやがることや怖がることはしないので、心配する必要はないのだと思う。信頼できる人だもの。

「宗雅はSだからな。苦労が多いと思うが、よろしく頼む」

「は、はい！　こちらこそ、よろしくお願いいたします！」

そんなことを考えながら宗雅さんを見つめていると、社長が突然頭を下げたので、私も慌てて頭を下げた。でもそれ以上に、宗雅さんが家族に自分がSだと話していたことに驚いてしまう。

変態がどうのと言って笑い合っているところを見るに、隠しごとがないお家なのだろう。素敵な関係ね。

社長は苦笑いをしながら話す。

「いやなことはいやだとはっきり言いなさい。なまじ限界を見極める目を持っていると、限界ギリギリまで相手に求めてしまうこともあるからな……」

「そんな心配をしなくても、しずくが本気でいやがることはしないし、限界まで求めたりもしない。僕はちゃんとしずくの心と体の状態を見極められるつもりだよ」

二人の言葉に聞き入っていると、「そうだよね？」と宗雅さんが微笑みかけてきたので、私は小さく、はいと答えた。

とても楽しそうに話しているけれど、私は少し恥ずかしい。私達が体の関係を持っていることがバレているということよね？

私が恥ずかしくて身を縮こまらせていると、彼が私の腰を抱いて「絶対につらい思いはさせないよ」と言った。私は顔に熱が集まってくるのを自覚しつつ、その言葉に頷いた。

「宗雅さんは、とても優しいんです。やや強引なところはありますが、怖いことは絶対にしませんし、ちゃんと私の話を聞いてくれるので」

「しずくちゃんがいいなら、別に構わないのだけれど……。やや強引ってところが気になるわね」

「母さん、心配しなくても僕達は、ちゃんと二人で話し合って一番いい形を見つけられるよ」

「そう？　なら、信じようかしら」

宗雅さんの呆れたような声に、お義母様《かあ》がのんびりと笑う。

強引って言い方が悪かったのね、失敗しちゃったわ。私は宗雅さんの評価を下げてしまったのかもしれないと思い、とても申し訳なくなった。

「あ、あの……ごめんなさい。言い方が悪かったです。宗雅さんは上司としても恋人としてもとても優しく尊敬できる方なんです。ついていきたいと思わせてくれる力強さがあると言いたかったんです。だから、その……」

私が隣に座っている宗雅さんの手を握りながら頭を下げると、彼はゆったりとこちらを見た。

「宗雅さん、ごめんなさい。私のせいで悪く見られてしまって……」

「ありがとう。しずくは優しいね。でも、強引なところがあるというのは認めるよ。ついつい君が可愛くて我慢ができなくなっちゃうんだよね。恥ずかしがって困っているところとかがすごく可愛くて……。ごめんね？　本当にいやな時はそう言ってね？　セックスしている時の『いや』って分かりづらいけど、本気でいやだとか怖いって言ってくれたら、ちゃんとやめるから」

「は、はい！」

宗雅さん……。そうやって気遣ってくれる貴方だからこそ、私は大丈夫だと思えるんです。貴方だからこそ、すべてを委《ゆだ》ねたいって思えるの。

私が頷くと彼はぎゅっと抱き締めてくれる。

「はぁ、可愛すぎるよ。帰ったら覚えておいてね」

「はい！」

宗雅さんが私を抱き締めたまま言う。私はその意味がよく分からなかったが、元気良く返事をした。

「しずくちゃんは、心配になるくらい素直ね。でも、こんなに素直で初心《うぶ》だと逆に酷いことができないから大丈夫かしら。宗雅はどう見ても貴女にメロメロだものね」

宗雅さんが私にメロメロ？　宗雅さんのことを良く知るお義母様《かあ》にそう言ってもらえると、なんだか嬉しい。

私は頬が緩むのを隠せなかった。

「私も宗雅さんのことが大好きなので、お義母様《かあ》にそう言っていただけて、とても嬉しいです。ありがとうございます」

「本当に可愛い子を見つけたわね……。こんなにいいお嬢さんなら、さすがの宗雅も断れないわけよね。全然身を固めてくれないから心配していたんだけれど、しずくちゃんがお嫁さんにきてくれるなら安心ね」

「ありがとうございます」

柔らかくゆったりと微笑むお義母様《かあ》に、私ははにかみながら笑った。

「そうだね。こんなに可愛いしずくが『副社長のために』と言って、すごく頑張ってくれたんだよ。両家の思惑とか関係なく、夢中にもなるよ」

「宗雅さん……」

胸元をツンと突かれる。私はその胸を押さえながら、頑張っていたことに彼が気づいてくれたことが嬉しくて泣いてしまった。すると、彼は私をぎゅっと抱き締めてくれる。

「いやだな。泣かないでよ」

「だって嬉しい。嬉しいんです。ごめんなさい、止まらなくて……」

私はお義母様《かあ》達の前なのに、宗雅さんのくれた言葉が嬉しくて泣いてしまった。すると、宗雅さんが私の涙を優しく拭ってくれる。

優しい人……。それにご家族と会えて、本当に嬉しい。十一年間の想いを認めてもらえたみたいで、胸にじんわりと温かいものが広がっていく。

「しずくちゃん、これで冷やしてちょうだい。すぐ食事の用意をするから待っていてね。もちろん、食べていってくれるのよね？」

「はい！」

雅佳さんが、私が来ると知ってお義母様《かあ》が嬉しそうに買い物に出かけたと言っていたから、是非ともいただきたい。

お義母《かあ》様から冷やしタオルを受け取りながら宗雅さんをチラッと見ると、「もちろん、食べていこう」と言ってくれた。私はその言葉に頷いて、お義母《かあ》様を手伝うためについて行った。

今は泣いている場合じゃないわ。お義母《かあ》様から『片岡家の味』というものを教えてもらわなきゃ。宗雅さんの胃袋をしっかり掴むためにも。

我が家では、母は買い物から料理まですべてお手伝いさんに任せているので、お義母《かあ》様と一緒にキッチンに立てるのは、嬉しい反面なんだかムズムズする。

「私、宗雅さんの胃袋を掴みたいんです。なので、片岡家の味を教えてくださると嬉しいです」

「あら、可愛いことを言ってくれるわね。宗雅の気持ちが分かってしまったわ」

お義母《かあ》様がそう言いながら私を見つめる目が、ベッドの中での宗雅さんの目と重なって、一瞬ドキッとしてしまった。

「さあ、始めましょうか。遅くなってしまったから、急ぎましょう」

「はい！」

5

その後は皆で美味しくご飯をいただき、帰ることになった。お義母様《かあ》は「またいつでも遊びに来てちょうだい」と言ってくれたし、長年の雅佳さんへの苦手意識も少し解消された。

それに、積極的な音夏さんを見て私も頑張りたいと思ったので、帰りは意を決して宗雅さんの腕に自分の手を絡めてみたのだ。まだぎこちないけれど、彼は「嬉しい」と言ってくれた。頑張った自分を褒めてもらえたようで、とても嬉しい。

今日は本当にいい日ね。

私は彼が開けてくれた玄関のドアから、弾《はず》む気持ちで家の中へ入った。

「ご機嫌だね、しずく」

「はい！　今日は宗雅さんのご家族に会えて本当に嬉しかったんです。それに雅佳さんとも少しお話しできて、以前からの苦手意識を解消できました。やっぱり宗雅さんの弟さんなので、優しい方ですね！」

「ふーん。それなら、良かった」

宗雅さん？　一瞬彼の声が硬くなった気がして、私は首を傾げた。すると、彼が右手を差し出した。その手の意図を考えながら、少し視線を下げて彼の右手を見つめ、自分の手を重ねた。すると、優しく握りこんでリビングまでエスコートしてくれる。さっきの違和感は気のせいだったのだと思い直して、宗雅さんに手を引かれながらリビングへ入った。

「疲れたでしょう？　ほら、ソファーに座って休んで」

「ありがとうございます。でも、全然疲れていないんです。宗雅さんのご家族と会えたことが嬉しくて、疲れより嬉しさのほうが勝っています」

「嬉しいか……」

ソファーに座りながらそう言うと、彼の声のトーンが下がる。

やっぱり、なにか違和感がある。宗雅さんが怒っているような……

私はその違和感の正体を知りたくて彼を見つめたが、彼の表情からはなにも分からない。

「宗雅さん、どうかしたんですか？」

「なにが？」

「い、いえ……。宗雅さんが怒っている気がして……。でも、違うならいいんです」

するると、彼は無造作にジャケットを脱いで、ソファーの背もたれに置いて隣に座った。

そして、小さく息をつく。私が体を震わせると、彼は苦笑いをしながら私を見た。

「ねぇ、しずく。雅佳は優しいでしょう。強引な僕よりあいつのほうが良くなった？」

え……？

私は宗雅さんの言葉が一瞬理解できなかった。でも、すぐにハッとして首を横に振る。

「そんなこと絶対ありません！　私は、私は宗雅さんだけです！」

「……そっか、そうだよね。しずくが楽しそうに雅佳のことを話すから、ちょっと嫉妬《しっと》しちゃってる」

宗雅さんが嫉妬《しっと》？

その言葉に衝撃を受けて目を白黒させた。すると彼がソファーから立とうとしたので、私は慌てて腕を掴んで引き止めた。宗雅さんが遠くに行っちゃう気がして怖くて、その腕にぎゅっと抱きつく。すると、彼がゆっくりと私を見る。

「宗雅さん、不安にさせてごめんなさい。私、雅佳さんのことが苦手だけれど、宗雅さんの弟だから仲良くしなきゃって思っていて……。だから、仲良くなれそうな糸口を見つけられた気がして嬉しかっただけなんです」

「しずくの気持ちは分かっているよ。拗《す》ねただけ」

そう言って彼はシュルッとネクタイを引き抜いた。

「今度このネクタイ、使ってみてもいい？」

戸惑う私の右手首に、宗雅さんはそのネクタイをふわりとかけた。意図が分からなくて彼の顔を見つめると、彼がクスッと笑う。

「今じゃなくて、いつかね。僕、しずくのことを縛ってみたいな。もちろん、怖いならすぐやめるから」

「っ！　し、縛ってみたいと思うのは宗雅さんがSだからですか？」

いよいよだわと、彼の言葉に体が固まり、声が上擦《うわず》る。

ネットで調べた時に書いてあったもの。好きな人を縛ったり虐《いじ》めたりするのを好むって……

深呼吸をして、ドキドキとけたたましく跳ねる胸を落ち着かせる。でも、やっぱり落ち着かなくて戸惑いつつ彼を見つめると、よしよしと私の頭を撫でられ微笑まれる。

「もちろん、それもあるんだけど……。縛っている間はしずくはどこにも行けないでしょう？　そっちの安心感のほうが大きいかもね」

「え……？」

彼の言葉に目を瞬《しばたた》く。彼はなんでもないことのように言ったけれど、その言葉は明らかに宗雅さんの不安を表していた。

どこにも行きませんと首を横に振ったけれど、宗雅さんはニコニコと笑いながら私の右手首にかけたネクタイの先を弄《もてあそ》ぶように触っているだけで、視線を合わせてくれない。

その笑顔に胸がぎゅっと締めつけられる。

「宗雅さん。私、どこにも行きません。絶対に貴方から離れません！　だから、不安にならないで。それに雅佳さんのことは、本当に……」

「分かっているから、そんな顔しないで。だけど、一度君を見失っているからかな……。たまに不安になるんだ。でも大丈夫。ごめんね、変なこと言っちゃって」

「宗雅さん……」

ははっと笑っている彼の名を呼ぶと、いつもの柔らかい笑顔で私を抱き締めて手を握ってくれる。

確かに私達には空白の時間がある。その間、想い合っていたことに気づけずに動き出せなかった。

「宗雅さん。十一年の時間があり、十一年分の想いがあったからこそ、今私達は……」

「もちろん、それは分かっているよ。高校生の自分よりも、今の自分のほうが確実に君を幸せにできるし、君を守る力もある。だから、君との間にある空白の時間を後悔しているわけではないんだ」

「じゃあ、なにを不安に思っているんですか？」

「そうだね。僕は欲張りだから、しずくのすべてが欲しいんだ。過去も今もすべて……。くれる？」

宗雅さんと会えなくなって寂しいと感じていた間、彼も同じような気持ちだった。彼の寂しさや不安を見せてもらえて、嬉しいと思う気持ち以上に彼の不安を拭ってあげたいと強く思った。

彼の言葉に力強く頷く。

「私、宗雅さんの心の内を見せてもらえたみたいで嬉しいです。いつかと言わずに、今縛ってくれませんか？　私、宗雅さんにすべて預けてますから……。過去も今も貴方のものだということを証明させてください」

宗雅さんは私に酷いことをしない。それが分かっているから安心して身を任せることができるの。貴方になら、身も心も縛られてもいい。なんとなくだけれど覚悟はしていた。

私はネクタイがかかったままの右手首を見つめ、おずおずと両手首を差し出す。すると、彼が首を横に振った。

「ありがとう。なら、過去の君ももらおうかな。しずく……、君が僕の不安に寄り添ってくれたように、僕も君の不安や過去の傷に寄り添わせてほしい」

「えっ」

ためらっていると、彼が私の利き腕の傷のある部分にそっと触れる。

「しずくってさ、前腕外側のところに大きな傷があるよね」

「……はい」

「ごめんね。聞いていいか悩んだんだけど、知っておきたいと思ったんだ。しずくがその傷を隠そうとしているのは分かってるよ。見られたくないと思っていることも、触れられたくない話題ということも……」

「…………」

「だけど、本当に僕にすべてを預けてくれるなら話してほしい。君を不用意に傷つけたくないんだ。しずくが話したくなくて……とてもつらいなら、無理には聞かない。でも話せるなら少しでもいいから教えてほしいな。もう二度と君を一人で悲しませたくない。君が事故で怪我をして、つらい思いをしている時に寄り添ってあげられなかったことをずっと後悔してる。もうそんなことはいやなんだ。できるなら、君の過去の傷に寄り添いたい」

宗雅さんのつらそうな声と優しく気遣うように触れる手の温かさに、言葉が詰まる。

この人になら話したい。知っていてもらいたい。素直にそう思った。

私は自分の胸元を掴んで深呼吸をしたあと、傷のある右前腕部を服の上からさする。

……祖父は嫁入り前の娘の体に目立つ傷があるのは良くないと何度も言った。けれど、私は傷を消したくなかった。過去にあったことをなかったことにはしたくなかったのだ。つい隠してしまうけれど、それでも私はこの傷を受け入れて、過去と向き合って生きていきたい。その気持ちに嘘はなかった。それにこの傷を負った時のことをここ数年は思い出さなくなっていたので、私としては克服したつもりでいた。

無意識に傷を気にしていたから心配させていたのね……

「…………」

宗雅さんの様子を窺《うかが》うと、彼は私の手をぎゅっと握ってくれる。その表情は少し困り顔だ。

「私……宗雅さんがこの傷を見たらどう思うんだろうと、ずっと気になっていました」

でも、貴方は優しいから絶対に受け入れてくれるという気持ちもあった。

宗雅さんは今日まで私の傷に言及したことはなかった。最初の時に私がいやがってから、触れることもしなかった。その優しさに救われた。

「しずく、傷一つで変わることはないよ。そんな生半可な想いではない。だから安心して？　ねぇ、それが弓道ができなくなった傷だよね？　事故に遭ったと聞いたけど……そんなに大きな事故だったの？」

事故……。そう事故。あれは祖父がそういうふうに処理をした。

私は彼の問いにこくりと頷いた。

「日常生活に支障はないんですが……弓を引く動作ができなくなってしまったんです」

私が損傷した腕橈骨筋《わんとうこつきん》は、ほかの前腕筋と異なり、主に上腕二頭筋あるいは上腕筋などをサポートし、肘を曲げる動作や手を内側に曲げる役割を持つ。肘関節を曲げる動きを助けてくれる筋肉は少ないため、腕橈骨筋《わんとうこっきん》はその意味でも重要な筋肉といえる。その筋肉があの当時は動かなかった。

リハビリを死ぬ気で頑張ったけれど、それでも日常生活を支障なく行える程度までしか回復しなかった。幼い頃から続けてきた弓道どころか——今後スポーツをすることは難しいと言われ、目の前が真っ暗になったのを今でもよく覚えている。頑張った末に得られたのは弓道のない日常だったのだ。

「当時は絶望しました。家族はせめて傷跡を消そうと言ってくれましたが、私はそんなことはしたくなかったんです。確かにお金をかければ、見た目は綺麗になるかもしれないけれど、あったことは消えません。なら、私はこの傷を背負って生きていきたい。……宗雅さん。この傷がある私はいやですか？」

「いや？　どうして？　しずくは物じゃない。傷があるくらいで、価値がなくなったりしないでしょう？　それに君が今まで真剣に頑張ってきた証でもあるじゃないか。いやなわけがないよ。この傷も立花しずく……君という人間を作っている一部でしょう？」

そう言って笑った宗雅さんの言葉に私は涙がぶわっとあふれた。

まさか、そんなことを言ってもらえるなんて思わなかった。「いやじゃないよ」って言ってもらえるだけで幸せなのに……

「どうして、泣くの？　僕、変なこと言った？」

「いいえ。いいえ。……わ、私、嬉しくて……。ずっと怖かった……この傷を背負うと決めたけれど、祖父は私の価値が損なわれたと言いました。でも、私があまりにも強情だったので、最終的には好きにしろと仰《おっしゃ》いました……。この傷を見せたら皆がどう思うか、考えなかったことはありません……」

宗雅さんがどう思うかだけじゃない。背負うと決めても、私は傷が見える服を着られなかった。真夏でもずっと長袖を着て過ごしていた。

子供がした決意など、そんなものなのかもしれない。簡単なことで揺れてしまう。

「君のお祖父《じい》様でも、そんなことを言うのは許せないな。傷を負った十三歳の子供によくそんなことを……殴りにいきたいくらいだよ」

「ありがとうございます。祖父は祖父なりに私のことを考えてくれたのだと、今は分かるので大丈夫ですよ……」

「それでも、もう少し言い方があったと思うよ。傷ついている君にぶつけていい言葉じゃない。だから、やっぱり殴りにいきたいかな。亡くなっていて残念だよ……」

本当に残念そうに言うので、私は泣いているのに笑いそうになってしまった。

優しい人。この人を好きになったことは間違いじゃなかった。

「父と母は傷などで損なわれることはないと、祖父に真っ向から立ち向かってくれました。そもそも目に見えるものだけでは、価値は推し量れないと」

祖父が政略結婚をする上で不利になると言っても、父達はそんなことを気にする男には絶対にしずくはやらないと言ってくれて、とても嬉しかった。遠いと思っていた家族の愛情に触れた時でもあった。愛されているのだと、あの時確かに感じることができたから……

「でも、再会できるか分からなかった頃から、宗雅さんがどう思うか……ずっと怖かったんですよ。それでもこの傷は消せなかったんですけれど」

ずっと貴方を好きだったから、ずっと貴方のことを考えていた。

でも、あの日副社長室で気を失ってしまい宗雅さんの家に連れて帰られた時に着替えさせてもらった。それにお風呂にも一緒に入ったので、実際は私がアレコレ考えるより先に彼には傷を見られている。彼と想いを通わせてまだそんなに経っていないのに、まさかこんなに早く打ち明けられるなんて……

彼との日々は急展開でまったく予想がつかない。そんなことを考えると、嬉しくなった。

「あのね、しずく。いやなら、初めて君を抱いた時に言ってるよ。言わないってことはなんとも思っていない証にはならない？」

「は、はい。もちろん、分かっています。ただ気にしてしまうのが女心というものなんです……」

些細なことでも気になってしまう。それは宗雅さんが好きだから。貴方好みになりたいと思うし、貴方の色に染めてほしいとも思う。これぱかりは自分でも抑えられない。

私が困ったように笑って彼を見つめると、ゆっくりと私の手に彼の手が重なる。その彼の優しげな表情に胸がぎゅうっと締めつけられた。

「しずくは普段フワフワしていて頼りなくて守ってあげないといけないようなお姫様だけど、本当は芯が一本通ってる強い子だというのも分かっているよ。弓を射る君を見て、ちゃんと分かっている。そんな君が僕への恋心で色々考えて悩んでくれるのは嬉しいよ」

宗雅さんの穏やかな声音が、私の不安を包んでくれる気がした。私が胸のあたりをぎゅっと握って視線を伏せると、彼が私の頭を撫でてくれる。

彼がくれる言葉が嬉しい。でも強くなんてない。今だって貴方に嫌われたらと考えるだけで怖い。貴方の側にいるためなら、今まで持っていた考えも、この傷さえも捨てていいと思う。宗雅さんが一本芯が通っていると言ってくれたのに、己の決心を恋の前では平気で捨ててしまえるとは言い出せなくて、顔を上げられなかった。

私、宗雅さんに依存している気がする。この人の笑みや優しい声音は、まるで神経毒のように私の体に染みこんでいく。ねぇ、宗雅さん。私が貴方に完全に依存してしまったら、貴方は私をどう思いますか？

「なにがあったか聞かせてくれない？　どうして、そんな大きな怪我をしたの？　詳しい経緯は調べても出てこなかった。君のお父上が隠しているんだよね？」

「………」

隠しているのは父じゃない。祖父だ。

あの当時すでに病床についていた祖父は、それでも我が家においても銀行内においても、強い力を持っていた。その事件が今後の私のためにならないと、私はそこにいなかったということになっている。私は別のところで事故に遭ったことになった。祖父は亡くなる瞬間まで、私の怪我を気にしていた。

祖父が私を思ってくれたのは分かっている。こんな怪我のせいで、私に苦労させたくなかったのだろう。それでも私は自分の意地を捨てられなかった。

私は宗雅さんにポツリポツリと本当のことを話しはじめた。

「中等部の一年生の夏休み、うちの支店で銀行強盗がありました。そこに私もいたんです」

「まさか……」

宗雅さんが驚いた顔をして、私の肩を掴んだ。その表情と肩を掴む手の力に、困惑と焦りが見える。

「私は夏休みがもう終わるという時に、執事の高橋《たかはし》さんの故郷に遊びにいきたいと駄々を捏《こ》ねました。最初は渋っていましたが、結局は連れていってくれたんです。そこにはうちの支店もありましたし……駅に着いた時に、高橋さんがそこの銀行に寄りたいと言ったんです」

お金が必要でおろしたいというわけではなかったと思う。父は、高橋さんに私を頼むとお金を渡していたもの。一応、顔見せでもしておけということだったのかしら？　あの時の事情は今も分からない。

「その時に銀行強盗に巻きこまれたんだね」

「はい……高橋さんが私を守ってくれたので、私はこの程度の怪我ですみました。けれど、彼は強盗と立ち向かい、私以上に大きな怪我を負いました……」

肩を掴んでいた手が背中に回されて、ぎゅっと抱きしめられる。

あの事件で死者は出ていない。高橋さんも命に別状はなかったけれど、それでも彼は一生治らない傷を負った。足を引きずらなければ歩けない。彼はその傷のせいで仕事を辞めてしまった。全部、私のせい。だから、私は傷跡を消さずに背負いたいと思った。彼への感謝と贖罪《しょくざい》を忘れないために……

この傷を好奇の目で見られるのは耐えられなかった。それでも消すのは高橋さんを裏切るみたいでいやだった。もうほとんど意地なのだと思う。

「私のせいなんです。私が、私が遊びに連れていってなんて言わなければ……あそこに居合わせることはありませんでした」

私の入院は怪我よりも精神的なショックのほうが大きくて、当時は錯乱状態だったらしい。精神的なケアに長くかかってしまったせいで、退院した時には宗雅さんはもう高等部を卒業していた。どんなに苦しくても、心の奥底には常に貴方への恋心があった。だからつらくても頑張れたのだと思う、貴方にまた会いたくて。

「しずくのせいじゃないよ。そもそも強盗なんてしようとする人間が悪い。そんな罪深いやつのために、君が贖罪《しょくざい》の念を背負うことはない」

「……でも、私はこのことを背負って戒《いまし》めとして生きていきたいです。傷跡を消さなかったのはそのためです。それが今後、恋愛や結婚をする上で不利になると分かっていても、消したくなかったんです。でも、私……初めて怖くなりました。宗雅さんがこの傷をいやだと言ったら……体に傷が残っている私がいやなら消してもいいとさえ思ってしまった。私は強くない。強くなんてないんです。貴方のためならこだわっていたことすら変えてしまうような主体性のない人間なんです」

目をぎゅっと瞑《つぶ》ると、彼が私を抱き締める手に力を込める。これ以上ないほど密着しながら、「しずく」と優しく名前を呼ばれた。

「嬉しいよ。僕のためになんでもしようとする姿勢は健気でもあるし、純粋に嬉しい。

しずくはもうなにも気にやむ必要はないんだよ。僕は君の過去もすべて愛してる。受け入れるよ。ね、もう泣かないで」

「宗雅さん……」

彼は私の涙を優しく拭ってくれる。でも、今まで心につかえていたものが取れた安堵感と宗雅さんの優しさに、到底涙を止められそうになかった。ボロボロと涙を流しながら、彼の胸に縋《すが》りつく。彼はその間よしよしと優しく頭を撫でながら、何度も「大丈夫だよ」と言ってくれた。

「……ご、ごめんなさい」

ひとしきり泣いたあと、涙でびしょ濡れにしてしまった彼のシャツをハンカチで拭いて頭を下げる。彼は私の頭を撫でながらにこやかな笑みを浮かべている。

うう、泣きすぎたわ。

「そんなに気にしなくても大丈夫だよ。あとで一緒にお風呂に入ろうね」

「えっ!?　お、お風呂?」

「うん、しずくと入りたい。ダメ?」

甘えるように上目遣いで見つめられて、急速に体温が上がる。私がなにも言えないまま俯《うつむ》くと、彼が「ん?」と顔を覗きこんでくる。

お風呂……一度入ったけれど、あれは不可抗力だったし。やっぱり恥ずかしい。そういえば、お風呂に入ったあとにネクタイで縛るのかしら？

私はいつの間にか右手首から外され、テーブルに無造作に置かれているネクタイを見つめた。

「お風呂に入ってから縛るんですか？」

「え……？」

必死な思いで尋ねたのに、彼は二、三度瞬きをする。そんな彼を見て、私は恥ずかしさがさらに増した気がした。顔から火が出そうなくらい熱い。

わ、私、はしたないことを……。これでは縛ってとねだっているようじゃないの。

「まだ縛らないよ。いつかはって言ったでしょう」

「でも……それが宗雅さんのしたいことなら私もしたいです。貴方が私の過去を受け入れると言ってくれたように、私も宗雅さんの性癖を受け入れたいです」

「ふふっ、ありがとう。でも君を怖がらせたいわけじゃない。だから、やっぱり今じゃないと思う」

「そんなことありません！　怖くなんてないの……私、宗雅さんがしたいなら頑張れます。貴方を受け入れたいんです」

「しずくのそういうところ、大好きだけど本当に危なっかしい。ねぇ、しずく。父さんと母さんが言っていたとおり、いやなことはいやだって言わないといけないよ。僕は君を啼かせるのが趣味なんだよ。君を縛ったりオモチャを使いたいって思っているんだ。今は耐えられると思っても、いつかいやになるかもしれない。なんでも頑張るんじゃなくていいやなことはいや。怖いことは怖いって言えるようになろうね」

「そんなことありません。いやなことがあるとしたら、それは貴方に我慢を強いることです」

私は力強く首を横に振った。

彼は優しいから、私が普通がいいと言えばそうしてくれるだろう。でも、そんなのいや。私の過去を受け入れてくれたように、私も貴方の性癖も——そして、強さも弱さもすべて受け入れたいと思う。

「ずっと……出逢ってからずっと好きだったんです。この気持ちは一朝一夕のものではありません。私はなにがあっても宗雅さんを愛しています。そ、そりゃ、初めての時は恥ずかしいことを言わないでって泣いてしまいましたが、再会してからずっと貴方を見ていて……貴方の優しさに触れて、私本当に宗雅さんのすべてを受け入れたいって思ったんです」

身も心も全部。全部貴方のものにして。どうか貴方に縛りつけて。お願いだから、怖がらないで。

私が貴方の側を離れる時が来るとしたら、それは貴方が私の手を離した時。私をいらないと思った時だ。それ以外で、私が貴方から離れることはない。想いが伝わって、彼の本当の人柄に触れてまだ日は浅い。それ以上に想い続けた十一年間。その年月は重い。私達はお互いじゃないとダメ。少なくとも私はそうだ。

「ありがとう。しずくの気持ちはすごく嬉しいよ。でも、縛るのは君の心と体の様子を見ながらだね。君も傷の話をしたばかりだし……。もう焦る必要はないんだ。それに縛らなくたって、僕は本当に構わない」

「宗雅さん……」

「僕の性癖については今後、しずくの心の傷を刺激しないやり方を二人で話し合って決めていきたい。僕はほんの少しでも君を傷つけるなんてことはしたくないんだ。だから時間をちょうだい？　君の心と体の様子を見極める時間を」

「はい」

彼の真摯な表情に私は胸が熱くなって、自分の胸元を押さえながら頷き、揺れる目で彼を見つめた。すると、優しい手が私の頬に触れる。

「今日はそういうことはしないでお風呂に入って、ゆっくり過ごそう。しずくは僕にどうしてほしい？」

「えっと……たくさん頭を撫でてもらいたいです。宗雅さんに頭を撫でていただくと、心地良くて安心できるんです」

「いいよ。それから？」

「あ、あとは、いっぱいくっついていたいです」

「お安い御用だよ」

彼は私を抱き上げて膝の上に座らせる。そして何度も「いい子」と言いながら頭を撫でてくれた。心地良さに目を瞑《つぶ》る。

宗雅さん……私、貴方の側なら本当の意味で過去と向き合える気がします。そうしたら、いつかは縛ってくださいね。いつかは彼のしたいことを叶えたい。

私はその目標を胸に目を閉じたまま、「ありがとうございます」と彼の頬にキスをした。

6

宗雅さんに過去の話をした数日後、私は会議資料などの社内文書を作成していた。宗雅さんは取引先との会食があり、先輩の笹原さんと一緒に外に出ている。

こういう時にまだついていけないところが寂しいわよね。でも、いつかは秘書として妻として彼の隣に立てる人間になりたい。

「あと少し。頑張りましょう……」

焦らないように間違わないように気をつけながら文字を打ちこんでいく。そうしていると、鮎川さんに肩を叩かれ、ハッとした。

「お疲れさま、立花さん。会議資料、どんな感じかしら？」

「お、お疲れさまです！」

鮎川さんにできたばかりの資料のチェックをお願いする。

ふと、壁にかけられた時計を見上げると、定時を少し過ぎていた。

もうこんな時間……。宗雅さんはまだかかるのかしら？

「うんうん、大丈夫ね」

「ありがとうございます」

「今日は副社長も笹原さんも直帰するらしいから、片付けをして施錠をしたら帰りましょう」

「は、はい」

直帰……？

でも、なにも言われていない。帰る前に一度戻ってきてくれるのかしら？

ロッカールームに鮎川さんと一緒に入り、バッグを取り出しながらスマートフォンにメッセージが来ていないかを確認する。でも来ていなかった。

電話をかけて指示を仰ぎたかったが、会食の邪魔になるといけないのでメッセージを送ることにした。

「鮎川さん。私、副社長に連絡して少し待ってみます。私が施錠するので、先に帰ってください」

「あら？　そんなのメッセージを送っておけばいいでしょう？　それより、このあと付き合ってほしいわ」

「ですが、いつも一緒に帰っているので……」

「大丈夫よ、大丈夫。副社長はそんなことで怒ったりしないわ。私、立花さんと行きたいところがあるのよね。ショッピングしましょ」

「えっ？　え……？」

手首を掴まれて、半ば引きずられるようにロッカールームを出る。鮎川さんは鼻歌混じりに副社長室と秘書室を施錠し、私をエレベーターへと押しこんだ。

「そんなに不安そうな顔をしなくても大丈夫よ。ほら、副社長にメッセージを送っておきましょう。帰りは迎えにきてもらえばいいじゃないの」

「それはそうですが……」

鮎川さんに促されるまま、私はメッセージアプリを開き、『鮎川さんとお買い物に行ってきます』と送った。すると、『楽しんでおいで。終わったら迎えにいくから、また連絡してね』と、すぐに返信がくる。

「ね、一言連絡すればいいだけだったでしょ？　副社長は優しい方だから、立花さんが仕事後にショッピングに行くくらいで怒る人じゃないわよ」

「それは、分かっていますけれど……」

微笑みながらウインクをしてくる鮎川さんに戸惑う。

まあ、先輩と仲良くするのはいいことよね。それに宗雅さんも一人でのんびりしたいこともあるだろうし、たまにはこういうのも悪くないのかもしれない。

でも鮎川さんが私より宗雅さんのことを知っている気がして、モヤモヤしてしまう。

いけないわ、私ったら。そんなこと考えちゃ……

私はかぶりを振って、バッグの中にスマートフォンをしまった。

「それでどこに行くんですか？」

「ふふん、それは着いてからのお楽しみ」

なんだかいやな予感がした私は一歩後退る。

「ほらほら、タクシーに乗って」

「で、でも……」

彼女は私をタクシーに押しこみ、運転手さんに「表参道《おもてさんどう》に行ってください」と告げた。

表参道……？

彼女の言葉に目を見張る。

「鮎川さん、どうしてそんなところに？　会社の近くにも商業施設がありますし、お買い物ならそこで……」

「いいから、いいから。私がよく行っているところなの。オススメよ」

あまり会社から離れたくないのに……。すると、私の不安に気づいたのか、彼女が私の背中を「大丈夫、大丈夫」と軽く叩く。とても美しい人なのに、笑うととても快活で親しみやすい。が、こういうところは少し強引で困る。私は溜息をついた。

「付き合ったばかりでずっと一緒にいたいのは分かるけど、たまには副社長以外とも遊んでほしいわ。立花さんは普段どこにショッピングに行くの？」

「私はあまり……。服や下着などは家にデザイナーの方が来てくださって、好みを聞いて作ってくださるんです。母はたまにお店に買いに行くこともあるようなんですが、私はデザイナーさん任せばかりで……」

「え……？」

私の言葉に鮎川さんが目をキョトンとさせ、二、三度瞬きをする。そして、大きな息を吐いた。

やっぱり変よね。母にも、たまには気晴らしにお買い物に行きましょうって誘われるのだけれど、服を外に買いに行くということは試着したりすることもあると思い、少し抵抗があるのよね。

「ひゃ〜、すごいわね。やっぱり立花さんって本物のお嬢様なのね」

「変でしょうか？」

「あら、そんなことないわよ。そういう買い物の仕方も素敵よ。したことがないから、すごく憧れるわ。でもそんなことより、立花さんの初めてをもらうってほうが燃えるわ」

「ちょっと……変な言い方しないでください」

鮎川さんの言葉に驚くと、彼女は「冗談よ、冗談」と言って笑う。

お買い物には滅多に行かないので、なんだか少し楽しみ。

そんな会話をしているうちに、タクシーは目的地に着いた。

「さて、着いたわよ。ここからすぐなの」

「は、はい」

タクシーを降り彼女についていく。連れていかれたのは、表参道にあるランジェリーショップだった。

どうしてランジェリーショップ？

色とりどりの下着を視界に捉えたまま、お店の前で硬直する。

「ほら、入るわよ。ここ、たまに来るんだけどカラーバリエーションも豊富で可愛いものが多いのよ。絶対に立花さんに似合うと思って。今日はここで副社長を悩殺する下着でも選びましょ」

「の、のうさつ……」

宗雅さんを悩殺……!?

刺激の強い言葉に、カァッと顔に熱が集まる。

鮎川さんは私の背中をぐいぐい押して「ほら、これなんかどう？　黒だとセクシーに見えるけど、白だと可愛く見えるでしょ」と下着を見せてくる。

「あら、本当……。同じデザインなのに、色で随分と雰囲気が変わるんですね」

受け取ってみると肌触りも良く、レースのデザインが細やかで美しい。

鏡を見ながら、おそるおそる合わせてみると、とても可愛くて気分が上がる気がした。

「いいですね、この白いほう。とても可愛いです。それに、お店でこうやって色々見て選んだことがないので……」

「良かったわ、気に入ってくれて。オーダーメイドもいいけど、たまにはこういうのも悪くないわよ」

「はい！　とても楽しいです」

手にした下着を見つめながら頷くと、鮎川さんが「さて、立花さんに一番似合うやつを選ぶわよ」と言って、私の手を引き店内を見てまわる。

ふふっ、なんだか嬉しい。鮎川さんは先輩だけれど、お友達とお買い物をしているようだわ。楽しい！

「あ！　ねぇ、これなんてどう？　カラーごとにお花の種類が違っていて、それぞれの花言葉にまつわるブーケをイメージしたレースが施されているみたいよ」

「それは素敵ですね」

彼女が指を差している下着を手に取る。こちらはセクシーというより、とても可愛かった。

「なにこれ……？」

セットのショーツを手に取ると、お尻を隠すフラットなものとお尻が丸見えなものがあって、驚く。すると、鮎川さんがニヤニヤと笑いかけてきた。

「それはTバックっていうのよ。やっぱりここはTバックを選ぶべきかしらね」

「Tバック？」

よ、世の中には色々な形の下着があるのね。でもこれは、私には刺激的すぎるわ。

「えっと……これはさすがに恥ずかしいです。私には無理です」

「えー、副社長を悩殺するんでしょ。ここは冒険しましょうよ」

で、でも……

確かにこれは、たっぷりとレースがあしらわれていて、豪華な印象だし、前から見ると可愛い。でも後ろから見ると、お尻が丸見えだ。

Tバックのショーツをじっと見つめていると、彼女は「副社長を悦《よろこ》ばせたくないの？」と聞いてくる。

「喜んで、いただきたいです」

「じゃあ、決まりね。立花さんって、下着はやっぱり白や淡い色が多いのかしら？　そういうイメージだものね」

「はい。淡い色が好きなんです」

「うーん。なら、ここは気分を変えて違う色にしましょう。これなんて花言葉が『信頼』だからいいんじゃないの？」

「え……でも……」

彼女が手渡してきたものは、紺色よりも藍色よりも赤みを強くしたやや明るい青系の下着だった。こういう色を紺藍っていうのかしら？

でも、いつも着ける下着とは雰囲気が違うから、ちょっとドキドキする。指でそっとレース部分に触れると、さらにドキドキ感が増した。

ほ、本当に宗雅さん、喜んでくれるかしら？　頑張ってみる？

そうは思ったけれど、いざレジに持っていく時に怖気づいてしまい、結局私はお尻を隠してくれるフラットなショーツを買うことにした。鮎川さんの視線が突き刺さる。

うう、だって穿《は》いたことがないし、今日初めて見たので、私には未知なものなんだもの。それに刺激的すぎる。

「立花さんにTバックは早かったかしら？」

「ごめんなさい。まったく興味がないと言えば嘘になるんですが、やっぱり恥ずかしさが勝ってしまって……」

「まあ、仕方ないわよ。いつもと違う色を買えただけでも、良しとしましょうか」

息をついてふふっと笑う鮎川さんに、熱くなった頬を押さえながら誤魔化すように笑いかけた。

「さて、このあとはどうしましょうか？　なにか食べに行く？　それともお酒飲んじゃう？」

「私、お酒は飲めないんです。それに食事は副社長と摂りたいので……」

「でも副社長、会食に行っているなら食べてくると思うわよ」

「あ！」

彼女の言葉にハッとすると、彼女は私の肩を抱きながら、うふふと笑う。

「まあ、仕方ないわね。立花さんは一刻も早く副社長に会って、その下着で悩殺したいんだものね。じゃあ、近くのカフェで副社長のお迎えを待ちましょうか？」

「の、のうさ……違います！」

「恥ずかしがらなくていいのよ。分かっているから」

顔に熱が集まる。真っ赤になった顔を隠すように背を向けて、スマートフォンをバッグから取り出した。

宗雅さんにカフェで待ってますって連絡しましょう。

「お嬢様？」

その声にハッとして振り返ると、そこには杖をついた高橋さんがいた。あの事件で私を庇ってくれた、元執事の高橋さんだ。

「高橋さん！」

彼は執事を辞めて田舎に帰っていたはずなのに、どうしてここに？　杖をついて立っている彼の足を見て、胸が痛む。でも、にこっと微笑んで彼におずおずと近づいた。

「久しぶりね……。足は大丈夫？　もう痛くない？」

「はい、お嬢様。足はこの通りですが、もう痛みはありません。なので、そのような顔をなさらないでください」

彼は穏やかな表情で私の手を握ってくれる。もう痛みはないと聞いて、安心した。

「高橋さん、今日はどうしたの？　もしかして、うちに帰ってきてくれるの？」

「いいえ、残念ですが……。東京には、お嬢様に会いたくて来ただけなんです」

「私に？」

当時を思い出すと、今でも胸が痛くなる。彼の足は私の後悔と贖罪《しょくざい》の念を呼び起こす。

だけれど、それでも会いにきてくれて嬉しい。

「あら、立花さんのお知り合い？」

「以前、我が家で働いてくださっていた方なんです」

「お嬢様がお世話になっております。今日は友人が車を出してくれたので、久しぶりにお嬢様に会いに来たのです。楽しくお買い物をされているところ恐縮ですが、お嬢様は責任を持って私がご自宅までお送りいたしますので、任せていただけませんか？」

「そうですか？　なら……お願いしたほうがいいのかしら？　立花さん、お疲れさま。ちゃんと副社長に連絡しておくのよ」

「はい！　今から連絡します！」

お疲れさまですと鮎川さんに頭を下げ、私は高橋さんと一緒に車の後部座席に乗りこんだ。

久しぶりで緊張するけれど、初恋が実ったことを報告したいわ。

◆　◇　◆

なにかしら？

「……副社長。いいんですか？　俺とじゃなくて、立花さんと来た時に詳しいことを聞くべきだと思いませんか？　怒られますよ」

「大丈夫だよ。しずくから聞く話だけじゃ、不可解なところが多いからね。なら、彼女の父上に聞いたほうが早い」

おそらく知らされていない真実《こと》があるのだと思う。今後、しずくの過去の傷と向き合っていく上で、僕はそれを知っておきたいと思った。

僕は今日しずくと鮎川さんに取引先との会食だと嘘をついて、笹原くんと一緒に立花家の本家を訪れた。笹原くんは僕が会社に入ってからずっと側にいて情報収集をしてくれる、表でも裏でも役に立ってくれる僕の右腕だ。

「でもなにもない可能性もありますよ。実際のところ、俺がものすごーく調べてもなにも出てきませんでしたから」

「そうだね。まあ、勘かな」

「そりゃ確かに、あの執事という男性は気になりますよね。裏がありそうではありますけど、当事者が真実を知らないってことありますか？　いや、それだけ大切に育てられてきたのかな？　真綿でくるむように、雑音が入ってこないように……」

「うーん、どうだろうね。そこまでではないと思うけど、単純に心に深い傷を負ったしずくに言えなかっただけなのかなと思うよ」

そう言って微笑むと、笹原くんは「そういうものですか……」と溜息をついて、立花家本家の佇まいを見つめる。

しずくの実家は、伝統的な数寄屋《すきや》造りの外観と周辺の自然環境が見事に調和した、品格のある佇まいだった。ここでしずくが育ったのだと思うと、なんだか色々な感情が湧いてくる。

感動と興奮と……

「副社長。ほら、中入りますよ」

笹原くんは僕の心中を遮《さえぎ》って、執事の案内についていく。その姿に息をついて、僕もあとに続いた。

「これは素晴らしいですね、副社長。見事な日本庭園です」

「そうだね、とても美しいよ。しずくがこの情景を見ながら育ったのかと思うと、感動を禁じ得ないね」

「……立花さんのことが大好きなのは分かっているので、少し抑えてもらえますか？ご実家の方が引きますよ」

「…………」

笹原くんの言葉に嘆息して、僕は大きな池を見つめた。その中を悠々と泳ぐさまざまな色の錦鯉《にしきごい》に目を止める。

しずくのことだから、一匹一匹に名前をつけてるんじゃないかな。今度しずくと結婚の挨拶《あいさつ》に来た時に、鯉《こい》を見ながら僕の知らない頃の話を聞いてもいいのかもね。

でも今回の目的は別にある。浮き立つ心を抑え、立花さんの書斎へ案内する執事についていく。

「秘書の方は応接室でお待ちください」

「わかりました。……笹原くん、そのように」

「はい」

やはり聞かれたくない話なのだろう。外部の者を入れずに話したいのだ。そんなことを考えながら、書斎の扉をノックする。すると、立花さん自ら扉を開けて招き入れてくれた。

「失礼します、立花さん」

「……できれば、こんな形ではなく、娘を連れて来た君と会いたかったよ」

「それは後日改めてお邪魔させていただきます。それよりも……お電話でお話しした件を詳しく教えてください。しずくさんから伺いましたが、不可解なことが多く、今後彼女の心の傷に寄り添うためにもすべて知っておきたいんです」

僕は「知る権利がありますよね？」という目で、立花さんをじっと見据える。彼は観念したのか、それともすでに覚悟していたのか、大仰な溜息をついたあと、僕に座るように促す。応接用のソファーに腰掛けると、彼はテーブルに置いてある書類を指差した。

「見てもよろしいのですか?」

「どうぞ」

その書類は、当時の執事である高橋についての調査書だった。

彼の実家で不渡りがあった。資金繰りの面でとても苦労している実家を助けるために、高橋はしずくの母方の祖父である立花明信《あきのぶ》氏に援助を願い出たが、一蹴された。今まで立花家のために尽くしてきた自分にそのような態度をとった明信氏に、彼は絶望したようだと書いてある。

「……最初はしずくを巻きこむつもりではなかったが、銀行強盗を計画した銀行の近くに、しずくが遊びにいきたいとせがんだ。その瞬間……しずくを人質にすれば、さらに大きな金を引き出すことができるのではないかと魔が差したそうだ。だが、私はそうは思わん。元々そうするつもりで、しずくが行きたいと望むように仕向けたのだろう」

「…………」

なるほど……。しずくのような純粋で人を疑わないタイプの人間なら、そうするのは容易《たやす》かっただろう。高橋は、しずくが自分を信頼する心につけこみ、裏切ったのだ。それが分かって怒りが込み上げてきた。本当だったら、しずくは腕に傷を負うこともなく、弓道を続けていた。未来に続く可能性や夢、経験できたはずのことを、高橋は身勝手な理由でしずくから奪ったんだ。その上、中学生には背負いきれない心の傷まで負わせた。しずくは自分のせいで高橋が怪我をしたと思って、ずっと後悔している。

どれだけ、つらかっただろう。

彼女が普通に笑えるようになり、普通の生活を送れるようになるまで、一体どれほどの苦悩と努力があったのかと考えるだけで、胸の奥にどす黒いものが湧き上がる。

同じ目に遭わせてやりたい。そこまで考えて、僕はかぶりを振った。

いや、そんなことは無駄だ。たとえ、同じ目に遭ったとしても、当時のしずくの恐怖や悲しみを理解させることなんて無理だろう。

拳がミシミシと軋《きし》む音を上げるくらい手を握り締めていると、立花さんがまた机の上に何枚かの紙を置いた。それを読もうとしたのと同時に彼が重々しく口を開く。

「高橋は自分が疑われないように、ご丁寧に足を怪我したふりまでして、娘を庇ってみせたそうだ。だが、あくまでふりにすぎない。高橋は怪我なんてしていないんだ。この事件のせいで、しずくは右腕に大きな傷を負ってしまったのに……」

力のない声が漏れる。あの日、しずくを行かせたことを後悔しているのだろう。立花さんの握りしめた手が震えている。視線を手の中にある数枚の報告書に移すと、そこには高橋が出所した時期と現在住んでいる場所が書かれていた。

もう二度としずくに危害を及ぼさないように見張っているのだろう。

「宗雅くん、頼む。しずくを守ってやってほしい。あの子は事件後、一時期心を病んでいたが、それでも君への恋心を忘れなかった。君への想いがあったから立ち直ったようなものなんだ。だから、どうか愛してやってほしい。そのためなら、私はなんだってすると約束しよう」

高橋が東京に出てきているという報告書を読んで、顔を顰《しか》めた時、立花さんが僕に縋《すが》りつくようにそう言った。

彼の必死さに、しずくの心の傷の深さを知る。それと同時に当時、どうして側にいてやれなかったのだろうという後悔が心を締めつけた。

もしもあの時、一目惚れをした時に、僕がすぐに行動していたら、きっと夏休みは僕と一緒に過ごしていて、この事件には巻きこまれなかっただろう。考えても仕方がない後悔に苛まれ、奥歯をぎりっと噛み締める。そして顔を上げて、立花さんの手を取った。

「絶対にしずくさんを守ってみせます。二度と彼女を一人で泣かせたりしない、必ず幸せにすると誓います」

「ありがとう、宗雅くん」

立花さんが涙ぐみ、安堵の表情を浮かべる。僕も彼の表情を見て、強張っていた顔が少しやわらいだ。その時、立花さんのスマートフォンが着信を知らせた。そして、ほぼ同時に僕の仕事用のスマートフォンに鮎川さんからメッセージが届く。

なんだろう……？

ショッピングが終わったなら、しずくからプライベート用のほうに連絡がくるはずなのに。仕事でのトラブルかな？

なにげなくスマートフォンのメッセージアプリを開くと、その瞬間硬直した。

『立花さんとお買い物をしていましたが、以前お家で働いていたという使用人の男性、高橋さんがお迎えに来たので、彼女は彼の車に乗って帰宅しました。もう立花さんから連絡が来ていたら重複してしまうと思ったのですが、念のためにご連絡いたしました』

僕は目の前が真っ暗になってスマートフォンを取り落としそうになった。そして、おそるおそるもう一つのスマートフォンを取り出し確認したが、案の定しずくからの連絡は来ていなかった。

いやな予感がする。頭の中で警告音が鳴り響いている。僕はとんでもない間違いをおかしたのではないか……。彼女の側から離れてはいけなかったのに。

「どういうことだ!?」

硬直して血の気がどんどん引いていく僕の耳に、血相を変えた立花さんの言葉が響く。

僕は至急応接室にいる笹原くんを呼びつけた。

同時に、電話を切った立花さんがなにがあったかを話してくれる。

高橋が二週間前から東京に戻っていると報告を受けたために、動向を探らせていたそうだ。が、しずくがその高橋の車に乗ったのだがどうすればいいか、という電話が今かかってきたと――

「すまない、宗雅くん。私がしずくに話していなかったばかりに。ただ……心を病んでいたしずくに子供の頃から慕っている高橋が主犯だったなんて言えなかったんだっ……」

なんということだ。

こんなことなら一緒に来て、しずくには自室で待っていてもらえば良かったのに……。どうして僕は彼女から目を離したんだ。だが、後悔なんてしている場合じゃない。

僕は部屋に来た笹原くんに叫んだ。

「しずくが攫われた！　今すぐに、彼女の救出に向かう！」

「分かりました！」

「立花さん、見張らせていた者が追跡しているんでしょう？　なら、その場所を教えてください。警察にも連絡しましょう。だが、今回も前回と同様、外には漏れないように徹底させてください！」

「分かった」

必ず、しずくを助ける。もう二度と一人で泣かせたりしないと誓ったんだ。

「時間をかけることは許さない。早急にしずくを助け出すぞ！」

「はい！」

笹原くんの返事を聞き、僕は立花さんから高橋を見張らせていた者の報告内容と連絡先を聞いて、笹原くんと一緒に飛び出した。

しずく！　どうか、どうか、無事でいてくれ！

つらく怖い思いをしている彼女を思うだけで胸が引き裂かれそうだ。

高橋……！　しずくを傷つけることは絶対に許さない！

◆　◇　◆

「ん……」

私はボンヤリとした意識の中で目を覚ました。体中が痛い。私は二、三度瞬きをして、まわりを見渡した。

ここはどこかしら？　確か、高橋さんの車に乗って、コーヒーをもらった。そのうちに眠くなってしまってうつらうつらしていると、着いたら起こしますよと言われて……

その瞬間、ハッとする。

私、宗雅さんに連絡していない！

「やだ、私。そんなに眠っちゃったの⁉　痛っ！」

あまりにも深く眠りこけてしまったことに愕然とし起き上がろうとした瞬間、両手首に痛みが走った。

段々と思考がはっきりしてくると、自分がどこか分からない場所で柱に背中を預けて、後ろ手に手首を縛られていることに気づく。

「どうして、こんなことに……」

縛られた手首を動かしながら、狼狽《ろうばい》する。まわりを見渡しても誰もいない上に、手を動かすと、縄がキツく縛られていて解《ほど》けそうにないことが分かる。無理に動かそうとすると麻縄が擦れて痛い。

眠っている間に誰かに襲われたの？

涙がじんわりとあふれてくる。泣いている場合ではないのに、止められなかった。ぽたぽたとこぼれ落ちて床に染みをつくる。

「宗雅さん、助けて……」

でも、ここどこ？　見渡す限り小屋っぽいけれど、まさか山の中？　そう思うと、急激に怖くなる。

こんなことなら、副社長室で彼の帰りを大人しく待っていれば良かった。せめて鮎川さんとカフェにいたら……。

「怖い、怖いの。宗雅さん……」

お願い。抱き締めて大丈夫だと言って。助けて、怖いの、宗雅さん。

泣き言が口をつく。

でも、宗雅さんは私の居場所なんて分からないのだから、助けに来られるわけないいと、
また涙がこぼれる。

どうして山小屋なんて……。まさか私のことを殺して埋めるつもりとか？　そう思う
とゾッとして、慌ててかぶりを振って想像してしまった最悪の事態を散らす。

どうしよう、怖い。震えが止まらない。

「た、高橋さんは？　高橋さん……無事かしら？」

動けないこの身がもどかしく恨めしい。逃げて高橋さんの安否を確認する術もない。

きっと別々の場所に閉じこめられているのだろう。

「怪我をしていないといいのだけれど……」

彼は走れないから、きっと逃げられない。優しい彼のことだ。私を守るために無茶な
ことをしているかもしれない。

ど、どうしよう。私ったら、また優しい彼を犠牲にしてしまった。

血の気がサーッとひいていく。手足がどんどん冷たくなっていくのが分かる。

怖い。怖いけれど、どうにかして高橋さんを見つけて逃げなくちゃ……

「え？」

そう思った時、突如小屋の扉が開いた。慌てて顔を上げて入り口を見ると、聞き慣れ

た声がする。

「お嬢様、入りますよ」

「た、かはし、さん……」

入ってきたのは、紛れもなく高橋さんだった。

「高橋さん！　ああ、良かった！　無事だったのね！」

私は気持ちがパァッと明るくなった。高橋さんが逃げてこられたのなら、もう大丈夫。

そう安堵した瞬間、高橋さんは今まで見たこともない不気味な表情を浮かべ、私の前まで歩いてきて膝をついた。

杖を使わなければ歩けなかったはずの彼はなぜかスタスタと歩いている。足を引きずってもいない。

「高橋さん、足は治ったの？」

「お嬢様は相変わらずとてもおめでたい方ですね」

「え……？」

「今も私を見て安心したような顔をして……本当に愚かだ。過去にあんな目に遭っておきながら、今も自分は傷つけられないと本気で信じているんですか？」

一瞬、なにを言われたのか理解できなかった。

彼の嗤《わら》い声と表情で、言われた言葉が自分を思いやるものではなく嘲《あざけ》るものだと、いやでも理解させられる。彼の言葉は酷く私を混乱させた。

「高橋さん……どうし、て？」

声が震える。

彼は私が小さな時からずっと家にいて、いつも優しくしてくれた。祖父に叱られて泣いている時も、泣き止むまで側にいてくれた。幼い時の私は彼に抱っこされるのが好きだったと、母から聞いたことがある。忙しい両親よりも近くで私を見守ってくれた、私の三番目のおじい様のような人。

震える声で問いかけると、彼は嘲《あざけ》るような笑みを浮かべて、私の顔を掴んだ。容赦のない力に顔を顰《しか》める。

彼は私が痛がっているのを見て鼻で笑った。

「いつまでも夢を見ていないで、さっさと現実を見たらどうですか？」

「……っ」

「仕方がありませんね。私がすべて教えてあげますよ。……いいですか？　お嬢様のお祖父《じい》様は血も涙もない方なのです。私がどれほど助けてほしいと願っても、聞く耳すら持ってくれなかった鬼です。だから私はあの日、銀行強盗を企てたのですよ。たちばな銀行からすれば、支店の損失くらい些細なことでしょう？」

「……なにを、言っているの？」

高橋さんがあの日の銀行強盗を企てた？

とても信じられないけれど、彼は祖父に融資を断られ、実家が倒産してしまった経緯を話した。

そして彼は何度も吐き捨てるように言う。祖父は血も涙もない鬼だと。立花家のために尽くした自分を裏切った極悪人だと。

「だからといって、事件を起こしていいはずがないわ。あの時、怪我をしたのは私達だけではなかったのよ。皆、命は助かったけれど、なにも関係ない人達が、巻きこまれっ……」

私がそう反論すると、パンッと音が鳴って右の頬に鋭い痛みが走る。口の中に血の味が広がり、痛みで涙がぽろぽろとこぼれた。それに、なんだか息苦しい。

この状況のせいなのか、目の前が霞《かす》んで息がしづらい。

私が胸を大きく上下させ荒い呼吸を繰り返していると、高橋さんは変わらず嘲《あざけ》るような笑みを浮かべたまま、顔を近づけてきた。

「お嬢様、最近片岡グループの御曹司と婚約したそうじゃないですか。立花家と片岡家は、貴方の命に一体いくらの値をつけてくれるでしょうか？　あの日は失敗してしまいましたが、今日こそ損失を返してもらいますよ」

そんなの、確実に逆恨みじゃない。筋違いにもほどがある。祖父が高橋さんの望みを退けたのは、融資をしても高橋さんの実家は持ち直せないと考えたのだと思う。銀行は情だけではお金を貸せない。どうにもならないのに……

目の前の人は、私の知っている高橋さんではない。悪い夢を見ているのだと思いたい。でもこれは現実だ。

私が彼を睨《にら》みつけると、彼は声を上げて嗤《わら》う。

「こんなこと許されると思っているの？」

「許す？　相変わらず、おめでたい方ですね。許すとか許されるとか、そんな問題ではないのです」

高橋さんは私の顔をまた強く掴んでそう言うと、入り口にいる見張りらしき男を呼んだ。

「金を無事に回収するまでは殺せませんが、少し遊んであげなさい」

「え……？」

「執事として最後の仕事です。お嬢様に、現実とは時に惨《むご》いものだということを教えて差し上げますよ」

彼の言葉に目を見張ると、入り口にいた男はニタニタと気味の悪い笑みを浮かべて近寄ってくる。

「いやっ！　高橋さん、こんなことやめて！　どうして？　あんなに優しかった貴方はどこに行ってしまったの？」

「何度も言わせないでください。先に裏切ったのは立花家です。……お嬢様は、最期に私の役に立ってくださいますよね？」

そんな……

息が、できない。

手足の先が冷えていくのを感じた瞬間、喉がひゅっとなって息が止まった気がした。

右前腕部の傷が熱を持ったように熱くなり、あの時のことが頭の中を巡った。目の前が真っ暗になって、息ができなくて、私は何度も思いきり息を吸ったり吐いたりした。

「あぁ、過呼吸ですか。それ、死ぬほど苦しいのに死なないんでしたっけ？」

意識が濁る中で嗤《わら》う声が聞こえる。

た、す……けて、宗雅、さん。

徐々に意識が濁りはじめた時、喧騒が聞こえた気がした。すると、「しずく！」と焦った声がする。

宗雅さんの声……？

会いたいと強く思ったから、幻聴が聞こえたのだろうか。そう思ったのと同時に、手首の縄が外されぎゅっと抱き締められた。

「しずく！　ちゃんと息をするんだ！」

彼は大きな声で私に呼びかけながら、唇を合わせ息を吹きこんでくれる。

彼に合わせて息を整えると、体が少し楽になった。宗雅さんは私を力強く抱きしめて、何度もごめんと言ってくれる。

「遅くなってごめん。守れなくてごめん。もう大丈夫だから……」

「む、ね……まさ、さん……会いた、かった」

これは願望が最期に見せた夢？

宗雅さんを遠くから見つめているような変な感覚のまま、私の意識は暗闇の中に落ちていった。

◆　◇　◆

「しずく……」

遠くで宗雅さんの泣きそうな声が聞こえる。

宗雅さん、泣かないで。私はここにいます。ちゃんと側にいるから。

「むねまさ、さん」

私は手を伸ばしてパチッと目を開けた。

ここは……？　あれ？　私、高橋さんに……。ここは天国かしら？　私、死んだの？

いまいち焦点のあわない目で天井を眺めていると、伸ばした手をとる母が視界に飛びこんできた。

「ああ！　しずく！」

「お母様？」

その顔は泣き腫らしたのが分かるくらい涙で濡れている。母は「良かった、目が覚めて……本当に良かった」と言いながら、頭を撫で、手を握る。そして痛々しそうに頬を見つめた。

「可哀想に。痛いでしょう？」

母のその言葉で意識が覚醒した。

あれ？　私……

「生きているの？」

「当たり前でしょう。恐ろしいこと言わないでよ。僕、しずくを失ったら生きていけないよ。本当にごめんね。怖かったでしょう？　痛かったでしょう？」

「むね、ま……さ、さん……」

彼の顔を見た瞬間、涙があふれて止められない。震える手を縋《すが》るように伸ばすと、彼は私を力強く抱き締めてくれる。そして何度も「よく頑張った。怖かったね……」と頭を撫でてくれた。彼の心の底から安堵した声に、帰ってこられたのだと実感して、涙がどんどんこぼれて彼のシャツを濡らした。けれど、彼はなにも言わずにずっと抱き締め、背中をさすってくれる。

　良かった。また宗雅さんに会えて良かった。

「む、宗雅、さん……、わ、私、こわかったの」

「うん、ごめんね。守ってあげられなくてごめん」

「ううん、そんなことない……だって、助けに……きてくれた……助けにきてくれた、もの……ありがとう、ありがとう、ございます……私、もう会えなかったら、どうしようかと……」

「大丈夫。もう絶対に離さない。二度とこんなことは起きないようにするから……」

　彼の腕の中で泣きじゃくりながら、会えた喜びを何度も口にする。彼も震える声で応え、私を抱き締める手に力を込める。

　宗雅さん、宗雅さん、大好き。

「しずく……」

「お、とうさ……ま」

　宗雅さんの胸で泣いていると、沈んだ声が聞こえて顔を上げる。そこには申し訳なさそうに立つ父がいた。涙を拭っていると、父は何度も「すまない」と私に頭を下げる。

「お、お父様。やめてください……」

「いや、今回のことは私の不手際だ。高橋の行動は把握しているから大丈夫だと慢心していた。いくら高橋を見張っていても、しずくがあいつの車に自分の足で乗ってしまえば、どうにもならないのに……。本当なら、高橋が犯人だったとちゃんと伝えておかなくてはならなかったんだ」

「そうですよ。流れるように車に乗るからびっくりしました」

父の隣で、知らない人が苦笑いをしている。

誰……？

「あー、すみません。はじめまして、お嬢様。僕は高橋を見張っていた者です。あの時点で止められなくて本当に申し訳ない。でも僕、非力なので……助けを呼んだほうが得策だと判断しました」

彼は飄々《ひょうひょう》とした様子でそう言いながら、私に握手を求める。けれど、宗雅さんが私を腕の中に隠したので、その手は引っ込められてしまった。

「しずく、彼は君の父上が雇った探偵のようなものだよ」

「あー、それでいいです」

宗雅さんの言葉に彼はケラケラと笑う。

なんだか、とても軽そうな人ね。こんな人が探偵さん？

「立花氏は当時トラウマに苦しんでいたお嬢様に、高橋が強盗の主犯だと言えなかったんですよ。お嬢様が完全に心を壊してしまいそうで怖かったそうです。なので、許してあげてください。それにお嬢様のお祖父《じい》様、明信氏も『用意する事実が真実である必要はない』と言っていたそうですから、娘婿である立花氏からしたら仕方のないことだったんですよ」

「すまない。私は高橋を二度としずくに近づけさせなければいい、愚かにもそう思っていた。だが、それは間違いだった。もし、しずくが真実を知っていたら、自ら高橋の車に乗るようなことはなかったのに」

「そうよ……。あのような人の多い場所で無理矢理車に乗せるなんてできなかったはずだわ。なにより、同僚の女性もいたのだから逃げることも可能だったのに……貴方とお父様が全部悪いのよ！」

「お、お母様！　お父様とお祖父《じい》様は、私のためを思ってそうしてくださったのだから……」

慌てて止めると、母は「だって、私は何度も話そうって言ったのよ。私の娘はそこまで弱い子ではないもの。第一、浅慮なのよ」と不満顔だ。父は頭を下げたまま、母の言葉を黙って聞き続けている。

「お二人共。ここは病院ですし、しずくさんも今日はとても疲れているので休ませたいのですが……」

見かねた宗雅さんが父と母の間に入ってくれる。

病院？

彼の言葉でぐるりと部屋の中を見渡す。ホテルのスイートルームを思わせるラグジュアリーな空間でとても病室には見えなかったけれど、よく知っている場所だった。

ここ、祖父が亡くなる前に入院していた特別室だわ。確か、このベッドルームのほかにリビングや会議室兼応接室、秘書室まであるのよね。

私が部屋の中を見回していると、両親は「また来る」と言って私を抱き締めたあと部屋を出ていった。探偵さんもあとを追うように出ていき、先ほどまで騒がしかった部屋の中が静まりかえる。

「しずく、大丈夫？」

「は……い。宗雅さんが助けに来てくださったので大丈夫です。ありがとうございます。ごめんなさい、迷惑をかけてしまって」

「謝らないでよ。謝らなきゃいけないのは僕のほうなんだから。本当にごめん、守ってあげられなくて……」

「いいえ、いいえ！　違います！　宗雅さんは私を守ってくれました！」

彼の背中に手を回して胸に頬を擦りつけると、優しく抱き締めてくれる。

彼は先ほどから何度も謝っている。でも違うの。違う。彼は私を助けに来てくれて、守ってくれた。彼がいなかったら、私はきっと……

「宗雅さん、もう謝らないでください。色々なことがあって頭が混乱していますが、今はただ……なにも考えずに貴方の腕の中にいたいです」

「うん、そうだね。ずっと抱き締めておくつもりだよ。今日は絶対に離さない」

「ふふっ、そんなことしたらトイレに行けなくなります」

私が噴き出すと、宗雅さんが「その時は入り口で護衛してあげるよ」と茶化すように笑う。

ふふっ、宗雅さんったら。お風呂もトイレも部屋の中にあるから、心配しなくても大丈夫なのに。

「ねぇ、しずく。手首痛くない？　それに右頬も……」

彼は突然真面目な顔になって、私の手首にできた縄の痕《あと》を痛ましそうにさする。

「しずく……君が連れ去られたと聞いた時、目の前が真っ暗になったよ。君を置いていかなければ良かった。鮎川さんとのショッピングを許さなければ良かった。副社長室で僕を待っていてほしいと言えば良かったと何度も後悔したよ。本当に無事で良かった。君を失ってしまったら僕は……」

彼の声も体も震えている。私も怖かったけれど、彼も怖かったのだ。それが痛いほど伝わってきた。

宗雅さんは一層強く私を抱き締めたあと、経緯を説明してくれた。

今日の会食は嘘で、本当は父に強盗事件の真実を聞くためだったと。そして、話している時に鮎川さんから私が高橋さんの車に乗ったと連絡を受けたのだという。

「君の姿を見つけて無事を確認して安堵したのと同時に、見るからに暴力を振るわれたのだと分かって、カッとなったよ。でも、感情のままに高橋を殴ったりしたら、しずくが悲しむと思ったからしなかった……。それに、暴力で解決したら高橋と同じになってしまう。しずくなら、ちゃんと罪を償ってほしいと考えると思ったしね」

「はい……。高橋さんには間違いに気づいて、罪を償ってほしいです」

「彼にはそうしてもらうし、もう二度と君に近づけさせないから安心してね。君のためなら、高橋を東京に来させないくらい僕はするよ」

彼は私の頭を撫で、ベッドへ横たわらせた。

東京に来させない？　そんなことできるのかしら？

「しずく、その話はまた今度にしよう。今日は疲れたでしょう？　今はなにも考えずに眠るといいよ。明日は朝から検査があるからね」

「検査？」

「頬と手首の傷しか見えないけど、体の中でなにが起きているか分からないし、なにより心もね……ケアが必要だと思う。ちゃんと診てもらおう」

「宗雅さん、私……」

私、ここにしばらく入院になるんですか？　また宗雅さんから離れるのはいや。でも、そんなことを言ったら困らせてしまう。

彼の袖口を掴みながら唇を噛むと、彼が頭を撫でてくれる。

「大丈夫だよ、ちゃんと側にいるから安心して眠るといい」

「……一緒に眠ってくれますか？　離れると不安なんです」

「もちろんだよ。さっきも言ったでしょう。君を離すつもりなんてないから安心して眠るといいよ」

宗雅さんは「いい子だね」と額《ひたい》にキスをくれる。

その日は何度もうなされて夜に目を覚ましてしまう私をしっかりと抱き締めて、ずっと「大丈夫だよ」と言ってくれた。


「…………」

7

あの事件から二週間――。私は悶々《もんもん》としていた。相変わらず、宗雅さんは優しい。それどころか以前より過保護になった気さえする。

一緒に帰ってきて一緒に夕食を作り、抱き締め合って彼の腕の中で眠る。それだけを聞くと良好な関係に思えるかもしれないけれど、あの日から宗雅さんは私を抱いてくれない。

おまけに今はホテル業界の繁忙期。副社長である宗雅さんも、秘書である私も忙しい。最初のうちは、疲れているし彼も気遣ってくれているのだと安易に考えていた。だけれど、七日経ち、十日経った頃からさすがに焦りはじめた。もうこのままずっとなかったらと考えてしまう。

「…………」

私は、寝室で着替えている宗雅さんをリビングのソファーから視線だけで追った。

彼は、私が高橋さんに誘拐されたことをすごく気にしているのだと思う。たまに私の右頬や手首を痛ましそうに撫でているもの。

彼は今の私では、彼の性癖に応えられないと思っているのかもしれない。そういう対象じゃなくなっていたらどうしよう。鮎川さんと一緒に選んだ下着を着て迫ったら、なにか変わるかしら？

最近、宗雅さんが鮎川さんに遠慮なく接しているのを見て、嫉妬《しっと》してしまう。彼女は美しい。それにとても優しい。私なんかよりも魅力的で……

抱かれていないこともあって、胸が痛む。

「君のお父上と話したんだけど、明日改めてしずくの実家に行くことになったよ……ん？　どうしたの、しずく？」

「え？」

「いや、僕のネクタイを見つめながらすごく難しい顔をしているから。どうしたのかなと思って……」

彼の言葉にハッとして顔を上げる。いつの間にか彼が帰ってきた時に外してソファーに置いたネクタイを持ったまま考えごとをしていた。

あ。私ったら、最近宗雅さんに抱いてほしいってことばかり考えているわ。なんてはしたないの。

「どうしたの？　ネクタイ、怖い？」

自分に嫌気がさして俯《うつむ》くと、さらりと彼の指が私の髪を耳にかける。そうして問いかける彼の声が、とても優しくて胸が痛くなった。

宗雅さん。大丈夫だって分かったら、抱いてくれますか？　縛っている間はどこにも行かないから安心できるって言いましたよね？　その気持ちが最近になって分かった気がする。縛っている間は、宗雅さんもどこにも行きませんよね？

「し、縛って……ください……」

「え？」

声が段々尻すぼみになっていく。おそるおそる彼を見ると、驚いた顔をしていた。

もしかして声が小さすぎて聞こえなかったのかしら？　もう一度、次は大きな声で言えばきっと彼は……

「私を縛ってください」

次はネクタイを差し出して、はっきりと告げる。でも、その表情は変わらなかった。

やっぱり無理なのだわ。

「宗雅さん、お願いします。私、ちゃんと頑張れます。だから……」

「待って。ちょっと落ち着こうか？　無理しなくて大丈夫なんだよ。また変な方向に考えてる？　一体どうしたの？」

一瞬絶望しかけた心を奮い立たせて、彼の服をぎゅっと掴む。すると、彼は宥《なだ》めるように私の頭を撫でてくれた。

「無理なんてしていません。無理なんてしていないの。で、でも、もう二週間もしていません。それは、私が宗雅さんの性癖に応えられないからですか？　もう私のこと、そういう対象として見られないですか？　私、貴方に抱いてほしいんです。はしたないのは分かっています。でも、もしかすると鮎川さんのほうが良くなったのかなと思ってしまって不安なの……」

泣いてはいけないと思いながらも涙が滲《にじ》んでくる。唇をきゅっと引き結んで涙がこれ以上出ないように耐えていると、彼は自分の顔を隠すように私の首筋に額《ひたい》を押しつけた。

「大切な話をしている最中なのに、その動作に胸が高鳴って落ち着かない。

「はしたなくなんてないよ。君が僕を求めてくれるのはすごく嬉しい。嬉しすぎて感動しているよ。でもちょっと待って。どうして、ここで鮎川さんが出てくるの？」

「だって鮎川さん、とても綺麗ですし……。そ、それに宗雅さんだって遠慮なく接しているじゃないですか。とても仲がいいのが分かります。もしかすると、私より鮎川さんを縛りたくなっていたらどうしようって……」

「ちょっと、ストップ！　待って！　話が飛躍しすぎだよ。鮎川さん？　そりゃ、秘書としては信用しているけど、女性としては見られないよ」

宗雅さんは泣きじゃくる私の唇に人差し指を当てて、首を横に振った。

鮎川さんを女性として見られない？

「どうして？」

「どうしてって、当たり前でしょう。僕はしずくのことがずっと好きなんだから。僕、言ったよね？　十一年間、君だけを見ていたって」

「は、はい。でも……」

宗雅さんが困り顔で息をついた。それだけで体が強張ってしまう。

「ごめんなさい。私、宗雅さんを困らせるつもりじゃ……」

「違うよ。これはしずくに誤解させていた自分への呆れみたいなものだから気にしないで。もっと早くちゃんと話し合わなきゃいけなかったよね。でもね、勘違いしないで。僕だって君に触れたいよ。これでも死ぬ気で我慢しているんだ。はっきり言っておくけど、僕が愛しているのはしずく、君だけだ。ほかの女性なんて興味ない。僕が欲しいのは君だけだよ」

「じゃあ、どうして……？　どうして抱いてくれないんですか？　私をどこにも行けないようにしてください」

彼は顔を上げて困ったように笑う。私は彼の真意が分からず、戸惑いながら彼を見つめた。

「夜にうなされて泣いている姿を見るたびに、君がどれほど傷ついているかを痛感するんだ。しずく……君は自分が思っているほど、大丈夫じゃないんだよ。だから、無理しないでほしい。君の心が癒《い》えたら、ゆっくりと抱かせてもらうし縛ってあげるから今はもう少しこのままで……」

彼はゆったりとした動作で私の頬に触れる。その優しい表情と声音に胸が締めつけられた。

宗雅さんだって、あの日のことを消化できないのだ。それは確かに私もそう……。思い出すだけで息苦しくなって、過去の傷が痛む気がしてくる。

　まだ克服できていないのかもしれないけれど、彼は一つ勘違いしている。私が怖いと思うのは高橋さんであって、宗雅さんじゃない。それに宗雅さんは片岡グループのすべての力を使って高橋さんを私に近づけさせない、東京にすら来させないって約束してくれた。だから、大丈夫。私は間違わない。私を守ってくれる手を怖がったりしない。

　私の頬に触れている彼の手にそっと自分の手を重ねる。すると、彼は柔らかく微笑んでくれた。

「頬の腫れもようやく引いたね。もう痛くない？」

「はい……」

「そんな顔しないでよ……。僕を愛してくれるのと、自分の気持ちを押し殺して僕の好き放題にさせることは違うんだよ。だから、焦らなくていい。今は少しでも恐怖の種になるようなことは避けよう。しずく……僕達結婚するんだよ。時間はたっぷりとある。抱き合わなくても幸せを感じられることはいくらでもあるんだ。今は焦らずにのんびり過ごそうよ。……ダメかな？」

　重ね合わせた手から彼の優しさと私を想う気持ちが痛いほど伝わってきた。彼が言ってくれているのは、初め私が求めていたような、穏やかな愛の確かめ方だ。でも、私は知ってしまった。ただイチャイチャするだけでは、満たされない渇きがあることを……

私は首を横に振った。

「ダメでは……ありませんけれど、やっぱり抱いてほしいです。宗雅さん、私は自分の気持ちを押し殺したことなんてありません。貴方の望むことをしたい、貴方の色に染まりたいという気持ちは間違いなく私の本心です。宗雅さんは勘違いしています」

「僕？」

「はい。私が怖いと思うのは、高橋さんであって宗雅さんじゃない。私は、私を愛して大切にしてくれる人の手を怖いだなんて思ったりしません」

宗雅さん。私、二人で今回のことを乗り越えていきたいの。

私が彼をじっと見つめると、彼も瞬き一つせずに私を見つめる。そして、彼は私をぎゅっと抱き締めて、深い息をついた。

「そうだね。僕、しずくのことが大切すぎて、守ることばかり考えていたよ。君は僕が思うより強いのにね。学生時代、弓を射る君を見て分かっていたはずなんだけど、つい……。ありがとう、しずく。その気持ちはすごく嬉しいよ」

「じゃあ……！」

「でもね、しずくは縛ってと言うけど、Sってただ好きな子を責め立てて啼かせたいだけじゃないんだよ。縛ること一つにしても、君の体を傷つけないための下準備が必要だし……責めている時だって常に君の心と体の状態を確認しなければならない。僕を信頼して身を任せてくれる君を、決して傷つけることがないように最善を尽くしたいんだ。それができない状態の時に、縛りたいなんて思わないし、無理矢理抱きたいとも思わない。僕は実はとても単純なんだ。君が側にいてくれるだけでいいんだから」

彼は諭すように「ね、単純でしょう?」と言いながら、私の手を彼の胸に置いた。私と同じくらい鼓動が速くて、先ほどまで不安だった心が安定していく。

私と同じで側にいるだけで高鳴る彼の心臓の音を聞いて、彼が私を強く愛していることが伝わってくる。その喜びが、過去の——そして先日のトラウマとこの二週間の焦りと嫉妬《しっと》を凌駕《りょうが》した気がした。満たされ、温かい気持ちが私の心をいっぱいにしていく。

それは、彼の本心に触れることができたという喜びだった。

「……宗雅さん。好き、大好きです。愛しています」

想いがあふれて、思わずそう言っていた。

すると、彼は「僕も愛している」と、優しく慈しむようなキスをくれる。ゆっくりと唇が離れると、彼は困ったように微笑んだ。

「ねぇ、しずく。僕は君の啼いている姿は好きだけど、泣いている姿はいやなんだ。だから、もしするなら優しく君を抱きたい……」

困り顔でそう言った彼の言葉にこくりと頷く。

私が高橋さんに連れ去られたことが、彼にとっても心の傷になっているのだろう。私を泣かせたくない、優しくしたいという気持ちは純粋に嬉しい。でも、それだけでは足りない。すぐでなくていいから、Sの貴方を受け入れさせてほしい。

「宗雅さん。私……嬉しいです。貴方の本当の気持ちが分かって、私今とても満たされています。だから、もう怖くないの。なので、いつかは……宗雅さんがいいと思った時に、Sの貴方も見せてください。二人で楽しみたいです」

私がそう言うと、彼は驚きを隠せないと言った表情で私を見つめる。

宗雅さん、これは間違いなく私の本当の気持ちです。貴方のものになりたい。貴方の色に染まりたい。私を貴方でいっぱいにしてほしいの。

「はぁ、本当に敵わないなぁ」

彼は片手で表情を隠すように目を押さえながら呟いた。でも、顔を上げると柔らかい眼差しで私を見つめ、力を込めて抱き締めてくれる。

とても温かい。彼の腕に包まれているだけで、泣きそうなくらい嬉しい。

「宗雅さん、お願いします。抱いて。私のことを想うなら、つらいことを忘れさせてくれませんか？　宗雅さんの手でつらい記憶を塗り替えてほしいの」

「しずく……」

彼は私の名を呼んで、もう腫れていない右頬に手を添える。そして、そのまま唇を奪った。けれど、激しさはなく、甘く食《は》むような優しいキスだった。心地良くて目を瞑《つぶ》ると、ソファーの上に優しく押し倒される。そして彼が覆《おお》いかぶさってきた。

「しずく、もし怖かったり少しでも不安に思ったら言ってね。すぐにやめるから」

そう言ってコツンと額《ひたい》を合わせてくる彼の首裏に手を回し、私は首を横に振る。

「大丈夫、いっぱい愛してください。宗雅さんの手は私を幸せにしてくれる手だから、絶対に怖くないの……」

「しずく……あんまり可愛すぎること言わないでよ。これでもずっと我慢していたんだよ。今日は君を優しく抱きたいのに、煽《あお》られたら歯止めがきかなくなっちゃうよ」

「我慢、しないで」

「もう。本当にダメだってば」

クスクス笑って、またゆっくりと唇が重なる。触れたと思ったら離れて、また触れる。啄《ついば》むようなキスに興じながら、彼は緩やかな手つきで私の衣服を乱していく。

宗雅さん、不安なことも怖かったことも全部忘れさせて。貴方の腕の中なら、本当の意味で前を向ける気がするの。

◆　◇　◆

「…………」

「しずく。話が長くなりそうだから部屋に行って休んでいたほうがいいんじゃない？」

「ですが、お母様……」

「貴女はお仕事のあとで疲れているんだから、これくらい大丈夫よ」

「はい……」

今日は改めて私の実家に挨拶《あいさつ》に来ている。そのはずなのだが、挨拶《あいさつ》と先日の事件の話はすでに終わり、宗雅さんは父とずっと取引について話している。

これ、改める必要あったかしら？

元々この縁談は両家で決まっていたことなので、挨拶《あいさつ》といっても形式にすぎないのは分かっている。それでも、今仕事の話をしなくてもいいと思う。

私は不満げに、宗雅さんと父をジトッとした目で見つめた。

私は宗雅さんの秘書だけれど、仕事の話に入っていける感じではないし、サポートもできそうにない。見ていることしかできない私は、ソファーから離れたテーブルで母とお茶を飲んでいた。しかし、疲れてしまったのか、母は席を立った。

「私、もう部屋に戻るわね。貴女も部屋に行きなさい」

「はい。私見られたくない手紙を処分したいんですが、なにかいい方法ありませんか？」

「処分？」

リビングを出ていこうとする母を手招きして、声をひそめて問いかける。母は一瞬考える素振りをしたあと、「お父様の書斎にあるシュレッダーを使ったらどう？」と言ってリビングを出ていった。

シュレッダー！

それはいい考えね。粉々にすれば、宗雅さんに見つかることはない。早速、部屋に戻って手紙を取ってこよう。

いそいそと立ち上がり、はたと動きを止める。

私も退室していいのかしら？

チラッと宗雅さんを見つめる。彼はいつもの人当たりのいい笑顔で、ずっと父と難しい話をしている。私の視線に気づくことはない。

この調子だと、まだまだかかりそうだから大丈夫ね。

私はふふふとほくそ笑んで、話に夢中になっている二人に声をかけることにした。

「宗雅さん、お父様。私、部屋に行っているので、終わったら呼んでください」

「あ、ごめんね……。もう少しで終わるから、部屋で待ってて」

「はい。それでは失礼いたします」

私が二人の側に行き声をかけると、宗雅さんが名残惜しそうに私の手を握った。彼に微笑んで、私はリビングを出た。

「はぁ～っ」

バタンとリビングの扉を閉める音と共に、深い息が漏れる。

昨夜は久しぶりのせいか、宗雅さんはとても優しく、そしてたっぷりと愛してくれた。

彼と手が触れ合うだけでも、昨夜のことを思い出して胸も顔も熱くなる。

私ったら、今は思い出している場合じゃないのに。でもでも、昨夜は本当に幸せだった。やっぱり一人で悩むより打ち明けたほうがいいわね。宗雅さんが、すぐに解決してくれるもの。

私は熱くなった頬を押さえながら、足早に自室に戻った。

「ふぅ、早く処分しちゃいましょう」

机の引き出しを開けて、中等部の時に書いた宗雅さん宛てのラブレターを取り出す。

そして溜息をつき、手紙を見つめた。

学生時代の想いがたくさん詰まった手紙……。渡せなかったけれど、いつかはここに書かれた想いを彼に伝えたいと、前を向かせてくれた。

手紙の宛名のところを指でなぞり、「今までありがとう」と呟く。

「さて、今のうちに処分しなくちゃ……」

手紙を胸に抱き締めて、父の書斎に行こうと部屋の扉に手をかけた。その瞬間、扉が開いた。

え……？

「しずく？」

目の前に宗雅さんが立っていた。それに気づいた瞬間、心臓が跳ねて鼓動が加速する。

もう話が終わったの？

私は慌てて手を後ろに回し、手紙を隠した。彼は微笑みながら部屋の中に入ってきて、ベッドに座る。

「あ、あの……お話はもういいんですか？」

もう少し話をしていてくれないと困るのだけれど……

そう思い、「ここがしずくの部屋か。可愛い部屋だね」と楽しそうに部屋を見回す彼に問いかける。すると、彼は優しい笑顔で頷いた。

「もう終わったよ。待たせてごめんね」

「いえ……気を遣ってくださらなくても、もう少しゆっくりお話をしていても良かったんですよ？」

「ははっ、大丈夫だよ。とても有意義な話ができたからね。それよりどうしたの？　部屋にいるって言ってたのに、どこかに行こうとしてた？　それとも待ちくたびれて、リビングに戻ろうとしていたかな」

「あ……えっと、いえ……」

シュレッダーで過去の手紙を処分しようとしていました、なんて言えない。私は返答に困って宗雅さんから視線を逸らした。この手紙はないことになっているのだ。見つかるわけにはいかない。変な汗が出てくる。

どうしよう。どうすれば、このピンチを切り抜けられるのかしら……

「しずく」

待ちくたびれた宗雅さんはベッドをぽんぽんと叩いた。

座れ、ということよね？　でも、座ると手紙を持っていることがバレてしまう。こんなことなら引き出しに入れたままにしておけば良かった。いいえ、そんなことよりあの時雅佳さんが「迷惑だ」って破り捨ててくれたら……

段取りと違うことが起きて、雅佳さんに理不尽な気持ちをむけてしまうくらい、私は混乱していた。破られたら破られたで、恨みがましく思っているだろう。そんな考えが頭をぐるぐる回り、私は一歩後退った。

中学生が書いたラブレターなんて、どう考えても黒歴史、恥ずかしさの塊よ。絶対に宗雅さんに気づかれるわけにはいかない。見られたら、恥ずかしくて死ねると思う。どうにかして、気づかれないうちにこの手紙を隠すか、捨てるかしないと。

「どうしたの？　座らないの？」

「あ、えっと……す、座ります。でも、私ちょっと……その前に……」

あたふたしながら話す私に、宗雅さんが楽しそうに笑った。

「ああ、そうだね。座る前に、その手紙を朗読してくれるのかな？」

「は……い？」

一瞬なにを言われたのか分からなかった。

宗雅さんは悠然と脚を組み、私を見つめている。

今、なんて……

「その手紙、僕宛てのだよね？　もうないって言ってたけど、残ってたんだね。嬉しいよ。しずくの可愛い声で、読んで聞かせてくれるんでしょう？」

分からないいなんて言わせないと、ゆっくりと信じ難いことを言う。私は「あ……いえ、これは違います」と、もう一歩後退り、慌てて部屋を出た。

その瞬間、ガバッと抱きつかれて、部屋に引きずり戻された。

「えっ!?」

なにが起きたのか分からなかった。

宗雅さんは今の今までベッドに座っていたのに、彼は一瞬で距離を詰めてきた。そのまま私をベッドへ押し倒す。その力強さに息を呑んだ。

パタンと閉まった扉の音が、地獄へ誘《いざな》う音のように聞こえた。

「しずくは悪い子だね。僕に嘘をつくんだ？」

「いえ。そんなことは……」

宗雅さんは力を込めて一層強く抱きこむ。私は身動き一つできない。

ど、どうしよう。

「嘘か本当かは、その手紙を見れば分かるよね？　ほら、見せて？」

どうすれば、どうすればいいの？　手紙には『片岡宗雅様へ』と書いてある。ちらりとでも見られたら、もう言い逃れできない。私のバカ。さっさとシュレッダーしちゃえば良かったのに。

現物がなくなれば、どうにでも誤魔化せただろうが、もう無理そうだ。

私が半泣きになっていると、彼は私を見つめてふんわりと笑う。その笑顔は天使のようだけれど、悪魔の微笑みにしか見えなかった。

「しずく、渡して？」

「っ……は、はい」

低い声で命じられて、いやとは言えなかった。私はもう彼の手に落ちている。逆らうなんてできない。おずおずと手紙を渡すと、彼の温かい手が頭を撫でてくれて、ホッとする。

いいえ、頭を撫でられて喜んでいる場合じゃない。このあと確実にお叱りコースだ。

私がビクビクしていると、宗雅さんが「あぁ……」と一言漏らす。私の体は分かりやすいくらい跳ねた。宗雅さんはその様子を見て笑い、体を起こす。

「僕の名前が書いてある。しずくはさっき違うって言ったよね？　嘘をついていたんだ。悪い子だね」

「ごめんなさい。でも、昔すぎて……その、恥ずかしくて」

「そうなんだ。でも、僕に嘘をついていい理由にはならないよね？」

「…………」

なんて返せばいいか分からなくて、私は口を開いては閉じ、開いては閉じを繰り返す。でも、最終的に「ごめんなさい」と謝って自分の非を認めた。

「お仕置きかな」

「え？」

「僕はしずくの心の傷を慮《おもんばか》っていたんだけど。それなのにしずくは僕に嘘をついて……その上逃げようとしたよね？　あーあ、我慢していた僕への仕打ちがこれなら、もう我慢なんてやめようかな」

宗雅さんが嗜虐的《しぎゃくてき》に笑う。その表情は昨夜悩んでいる私を慰め、優しく抱いてくれた彼とは正反対だった。

私ったら、彼を怒らせてしまったわ……

「ごめんなさい。罰が必要ならちゃんと受けます。お仕置きをしてください」

おずおずと両手を差し出すと、宗雅さんは手首をそっと押し返して、首を横に振った。

「縛ったりしないよ。昨日した話、忘れたの？」

「でも、私……」

「うーん。そうだな。じゃあ、可愛い声で読みながら自慰をしてる君が見たいな」

「自慰？」

自慰？　自慰って……。いいえ、聞き間違いよね。いやだ、私ったら。

すると、彼と視線が絡み合う。彼が酷薄に笑った。

「もちろん、ちゃんとイクまでしてもらうからね」

「え？　あ、あの……宗雅さん？」

聞き間違いじゃないのかしら？

「そうと決まったら、すぐに家に帰ろう。ここでしちゃうと、しずくの可愛い声を親御さんに聞かれるかもしれない。可愛いしずくの声も姿も独り占めしたいんだ」

私は喉がひりつくような気がした。引《ひ》き攣《つ》った顔を向けても、宗雅さんは笑っているだけ。それどころか、エスコートするかのように右手を差し出した。慌てている私とは対照的に彼はこの状況を楽しんでいるのだ。

この手を取れば、どうなるかは容易に想像がつく。だって彼が今そう言った。でも恥ずかしいからってここで逃げたら、宗雅さんが私に見せて、打ち明けてくれたもの——その大切なものをすべて失ってしまうような気がした。

酷いことをされても、恥ずかしいことをされても、構わない。私はこの人が好き。この優しいけれどSな彼が……

私は意を決して、彼の手に私の手を乗せた。すると、宗雅さんが「いい子」と微笑みながら、柔らかく握る。振り解《ほど》こうとすれば、振り解《ほど》ける強さで――まるで、私にすべてを委《ゆだ》ねると言うかのような絶妙な力加減だった。私は彼に手を引かれ、実家をあとにした。

マンションへ帰ると、彼がカードキーでドアを開ける。そのドアが開く音に体が強張ると、彼がゆったりと見下ろしてくる。その視線にすら胸が跳ねてしまって、逃げるように俯《うつむ》いてしまった。

覚悟したはずなのに、足に力が入って俯《うつむ》いたまま動けない。どうしよう、怖い。

ぎゅっと彼のジャケットの裾を掴むと、ふわっと髪を撫でてくれる。顔を上げると優しげな視線と目が合った。

「しずく」

彼が私の名を呼ぶ。それだけで力が入っていたはずの足から力が抜けて、彼について家の中へ入れるから不思議だ。腰に手を回され一緒に廊下を進むと、天井のライトが自動でつく。そのライトに照らされた彼の顔を見ると心臓が跳ねて、自分の胸元をぎゅっと掴んだ。

心臓が壊れそう。

きっと宗雅さんは寝室に行くつもりなのよね。

「おいで、しずく」

予想通りに、リビングを抜けた奥の扉を宗雅さんが開ける。真っ暗な部屋にリビングの光が差しこんで、ベッドの輪郭が見え――それだけでまた心臓が跳ねた。

ううう、どうしよう。宗雅さんの前で自慰をするなんて恥ずかしい。第一、そんなことしたことないのに。どうすればいいの？

「きゃっ」

私が葛藤していると、彼は部屋の灯りをつけて、私を抱き上げベッドに横たえる。びっくりして悲鳴を上げると、彼の目が意味深に細まった。

「む、宗雅さん……私……」

私、どうしたら、どうしたらいいですか？　貴方に許してほしいのに、怖気づいてしまうの。

「しずく、ちょっと待ってて」

「え？　は、はい」

体を起こしながら頷くと、宗雅さんが無造作にジャケットをベッドの上に脱ぎ捨て、ネクタイを緩めた。前髪をくしゃっと乱しながら、私の隣に腰かける。怖さや恥ずかしさとは違う感情が生まれて、つい見入ってしまう。

かっこいい……

見惚れながら、ジャケットをハンガーにかけようと手を伸ばした。宗雅さんは「あとでいいよ」と言いながらベッドのヘッドボードに凭《もた》れかかり、私を膝に座らせた。

「それより、早くこの手紙の内容を知りたい。恥ずかしがるしずくの気持ちも分からないことはないけど、隠さないでほしい。ね、お風呂に入ったら読んで聞かせてよ」

「え？　で、ですが……中等部の頃に書いたラブレターなんですよ。恥ずかしさの塊です。読むなら、せめて私のいない時に……」

そして、もう触れないでほしい。

私がどう言ったら伝わるかしらと、しどろもどろになっていると、彼が私の頭を撫でて首を横に振った。

「僕は欲張りだから……中等部の時の君の想いも、今の君の想いも、全部欲しい。独り占めしたいんだ。この手紙は今の君が書くより拙《つたな》いかもしれない。それでも、その当時の君の精いっぱいの気持ちでしょう？　だったら、やっぱり読みたいし自分のものにしたいよ。今のしずくとその想いを共有したい」

「宗雅さん……」

ズルい。そんな言い方をされたら、いやだなんて言えない。私は覚悟を決めて頷いた。

というより、私の心はあの時から貴方のもの。独り占めしてくれて構わない。ううん、むしろしてほしい。昔の手紙ごと昔の私の想いを、貴方が欲しいと言うのなら私はそれをあげたいと思ってしまった。

「は、はい」

「可愛い。顔真っ赤。恥ずかしいの？　でも、大丈夫だよ。もっと恥ずかしいことしてあげる」

「〜〜〜っ」

宗雅さんが私の耳に唇が触れそうな距離で囁くので、ただでさえ熱い顔がさらに熱くなった。

正直なところ、なにが大丈夫なのか分からない。けれど、彼が手紙を宝物のように抱き締めたあと、ベッド横の棚に置いたので、私はなにも言えなくなってしまった。

茹《ゆ》で蛸《だこ》のようになっている私とは違い、彼はとても幸せそうだ。手紙を見つめて嬉しそうにしている彼を見ていると、仕方がないなと思えるから不思議だ。それに、彼の私への想いがたくさん伝わってきて、胸が熱くなる。私は満たされた気持ちで胸元をそっと押さえた。

なんだか、不思議ね。帰ってくるまでは、どんないやらしいことをさせられるんだろうと不安で胸が張り裂けそうだったのに、今はとても心が温かい。

今なら、どんなことでもできそう。

宗雅さんって、私をその気にさせるのが本当に上手だと思う。私は彼の手のひらの上で転がされている気分だ。でも、それすらも心地良くてたまらない。

「読みながら自慰を見せてくれるんだよね？」

「は、はい……」

「じゃあ、早くお風呂に入ろう」

彼は、私の耳のふちをなぞりながら、そう囁いた。

いよいよねと心を決めて頷くと、彼は嬉しそうに微笑みながら、クローゼットのほうをチラッと見た。どうしたんだろうと思いそちらを見ると、宗雅さんは言いづらそうに「あのさ……」と切り出した。

「自慰とは別にしたいことがあるんだけど、いい？」

「はい、私にできることなら」

「僕、オモチャを使ってみたいんだ。いい？　もちろん怖くなったらすぐやめるから」

え？　オモチャ？　オモチャって……

落ち着いていた羞恥心がぶり返して、心臓がけたたましく鼓動する。

「あの……えっと、怖くないのなら……」

「大丈夫。しずくがいやだと思ったら、すぐにやめるよ」

そ、それなら安心かしら？　心臓が痛いくらい早鐘を打っている。これは未知のものへの不安からくるものなのか、それとも自分はどうなってしまうのだろうという好奇心からなのか。でも、不思議といやじゃない。かすかな不安はあるけれど、彼になら身を任せられる。

「じゃあ、一つだけなら使ってもいいですよ」

「えっ？　本当？」

「はい。でも、お手柔らかにお願いします」

「もちろんだよ」

嬉しそうに笑った彼を見て、つい笑ってしまう。

宗雅さん、可愛い。

「なに笑ってるの？」

「だって、喜んでいる宗雅さんが可愛くて」

「……そうやって笑っていられるのも今のうちだよ。可愛いのはしずくのほうだってことを教えてあげるから」

これからお仕置きだしね、と彼はニヤッと笑って私の顎を掴んで顔を上げさせると、食《は》むように唇を重ねてきた。ゆっくりと唇を舐められて、舌先を口の中に入れられる。舌を擦り合わせ吸われると、体から力が抜けていく。彼はキスをしながら、器用に私の服を乱していった。ブラウスの中に手を入れて、キャミソールの上から優しく胸を揉む。

「んぅ……ふぁ、んっ」

唇の隙間から甘い声が漏れると、宗雅さんは舌のつけ根から先までを舐め上げて、また擦り合わせるように絡める。口の中が彼の舌でいっぱいになって、頭の中がとろんと蕩けそうだ。

「しずく。ほら、服脱ごうね」

そう言いながら、ブラウスのボタンを全部外し、スカートまで脱がす。そしてはだけたブラウスもキャミソールも全部取り払われる。

もう下着とガーターストッキングだけだ。

恥ずかしくて両手で胸を覆《おお》い、太ももを寄せて体を隠そうとすると、彼の熱い手がブラのカップの中に入ってきて胸を直接揉まれる。

「しずく、君は全部僕のものなんでしょう？　なら、自分から脱いで僕に君のすべてをちょうだい」

「は、はい……」

頬を赤らめながら頷くと、彼は私の胸を揉んでいた手を離し、観察する姿勢に入った。

息を呑み、震える手を背中に回してブラのホックを外すと両胸がまろび出る。その胸を慌てて隠しつつ、彼を見ると笑っていた。彼は私が体を隠すことを咎《とが》めようとはせずに、それすらも楽しみながら次を待っている。

まるで、宗雅さんの視線に犯されているようだ。

「っ、あの宗雅さん……」

「なに？」

「あまり見ないでください。恥ずかしいので……」

「君のその綺麗な白い肌も柔らかな胸も……滑らかな腰も可愛いお尻も美しい脚も、全部全部僕のものだよね？　それなのに、僕は見ちゃいけないの？」

「そ、そんなことは……」

宗雅さんが手を伸ばして私の鎖骨から胸へと指を滑らせる。その手に従うように胸を隠していた手をそっと離すと、彼が満足そうに笑う。

「ふふ、可愛いね。さて、お楽しみの前に一緒にシャワーを浴びようか？」

「はい……」

その言葉に私は頬を赤らめて頷いた。

一緒にシャワーを浴びるのは恥ずかしいけれど、もうお風呂には二回一緒に入っているし、それに宗雅さんと過ごしたいから……勇気を出そう。

「あ……宗雅さん。待って、待ってください」

「大丈夫。僕が脱がしてあげるからね」

洗面脱衣所へ行くと、宗雅さんが私を壁際まで追い詰めて、ガーターストッキングのベルトを外す。そして、止める間もなくショーツをおろすと、蜜口とクロッチからいやらしい糸が伸びた。先ほどの触れ合いで愛液があふれたのだ。

は、恥ずかしい。いやらしい子って思われたらどうしよう。

「しずく、可愛いね。もうぬるぬるだ。今すぐ突き挿れても、すんなり入っちゃいそうだね」

「～～～っ」

指摘されて恥ずかしさのあまり俯《うつむ》くと、彼はクスッと笑った。

私をいやらしくしたのは紛れもなく宗雅さんだ。なら、もっと彼好みの女になりたい。

「宗雅さん……私を貴方好みにしてください。貴方の色に染めて？」

「なに言ってるの？　君は僕好みの女性だよ。君は初めて会った時から、どうしようもなく僕の心と性癖を刺激するんだから。でも、僕の色か……。いいのかな？　そんなこと言っちゃって。後悔しても知らないよ？」

「後悔なんてありえません。私は身も心も貴方に捧げてるんです。自分を変えることになんの抵抗もありません。それくらい、貴方が好き。こんな私はいやですか？」

「まさか、そんなわけないでしょう。嬉しいよ。しずくは最高の女性だよ。僕にとって唯一無二の理想そのもの」

宗雅さんの言葉に安堵して涙がこぼれる。泣きながら彼に抱きつくと、あやすように優しく背中をぽんぽんとしてくれる。

「私も宗雅さんが唯一無二です。貴方だけ、私には貴方だけです……。どれほど恥ずかしくても頑張るから、宗雅さんのものにしてください」

「あはは、やだな。しずくはもう僕のものでしょう。もう絶対に離してなんてあげないよ」

彼はそう言ってネクタイを外し、私の両手を蝶々結びでゆるく縛ってくれる。外そうと思えば簡単に外れるくらいの緩やかな結び方だったけれど、この人から離れられないのだと思うととても嬉しかった。

「嬉しい……宗雅さん、大好き。大好きです」

「僕もだよ。今はこの程度しか縛れないけれど、いずれは……ね？」

「はい！」

「ほら、バスルームに行こう。いつまでもこの格好でいると風邪をひいちゃうよ。体を洗ってあげる」

彼は自分の服を脱ぎ、私の手を引く。

「む、宗雅さん……体くらい、自分で」

「両手が使えないのに、どうやって洗うの？　隅々まで綺麗にしてあげるから大丈夫だよ」

それは貴方が縛ったから……。そう思ったけれど、反論出来なかった。私は宗雅さんに気圧《けお》されながら頷き、手早く服を脱いだ彼と二人でバスルームに入った。広いのに、宗雅さんはあえて抱きつくように体を寄せる。

恥ずかしい……。宗雅さんの肌が背をかすめるたびに、心臓が跳ねて壊れそう。

「さあ、洗おうか」

「はい、宗雅さん」

宗雅さんは楽しそうに泡のボディソープを手に出すと、胸をすくうように揉みしだいた。

「あ、あの……ひゃあっ」

ぬるぬると胸の先端に泡を塗りつけられると気持ちいいのに、その泡はシャワーから流れ出るお湯で、すぐ体を滑り落ちていく。

「む、宗雅さん。お湯、お湯止めないと……洗えなっ……あんっ」

「ああ、ごめんね」

私がそう言うと、宗雅さんが私の背後から手を伸ばしてシャワーを止めた。二人共、髪も体もびしょ濡れだ。

背中に感じる彼の胸板にドキドキする。そ、それに、お尻に宗雅さんの硬いものが当たっている。

そして彼は「今度こそ洗おうね」と言って、また私の体に泡のボディソープを塗りたくった。

「あっ……」

「しずく」

名を呼ばれて、体がビクンと跳ねる。

返事はせずに彼を仰ぎ見ると、キスをしてくれた。ゆっくりと目を閉じると、彼は私の体を反転させて、壁に縛られた両手を押しつける。そしてそのまま、舌が深く入ってきた。

「ふぁっ……んぅ、んっ」

胸を揉まれながら上顎を舐められると、吐息と甘い喘ぎ声が混じったものが漏れる。

体が仰け反りそうになるのを、バスルームの冷たい壁が受け止めてくれる。先ほど、お尻に当たっていた宗雅さんの聳《そそ》り勃《た》つ熱い昂《たかぶ》りが、今度は太ももに当たる。

「ん……むねまさ、さんっ……ふぁっ」

思わず腰を引くと、彼は当てがうように脚の間に擦りつけてきた。

やっ、これダメ……

「やっ……んっ、んぅ」

「しずく、ここすごいね。もうとろとろだ。僕のこと、欲しいの？」

唇を離した宗雅さんが揶揄《からか》うように囁いてくる。それに答えられずに目をそらすと、耳朶《みみたぶ》を噛まれてしまった。

「やっ、宗雅さんっ……やだっ」

「可愛いね。洗っても洗ってもあふれてくるよ。そんなに焦らなくてもいいのに」

「あんっ……」

焦っているつもりなんてない。でも、何度も角度を変えて深くキスをしながら、胸を弄《いじ》られて、ぬるぬると擦りつけられるから……。

「む、宗雅さんがあてるから……だから私、その……こんなのダメです」

「だって、そんなに可愛い反応をされたら勃つよ。本当なら、今すぐ突き挿れたい衝動と闘ってるんだよ、僕は」

宗雅さんは苦笑しながら、私の肩に頭を乗せて息をつく。そして、ゆっくりと顔を上げた。

「でも、お楽しみはベッドに行くまで取っておこうか」

「は、はい……」

私が頷くと、宗雅さんはぎゅっと抱き締めキスしてくれた。何度かキスに興じたあと、今度こそ体をちゃんと洗ってバスルームから出た。シャワーだけなのに、もうすでにのぼせた気がする。すると、彼が「ネクタイ、濡れちゃったな」と言いながら、私の両手の拘束を外した。

「しずく、なにか飲む？　喉渇いたでしょう？」

「はい。ありがとうございます。ではお水を……」

自由になった手で火照《ほて》った体を拭いていると、宗雅さんがそのままキッチンへ向かったので、私は慌てて彼を追いかけた。

「宗雅さん！　体を拭かないと床が……」

「ああ、ごめん。でもそんなのあとでいいよ」

宗雅さんのせいで、床がびしょびしょになってしまったのだけれど……

私が拭いてあげると、彼はくすぐったそうに笑う。ちゃんとしていない彼もなんだか可愛くて、つい頬が緩んだ。

「はい、お水」

「ありがとうございます。でも、待ってください。その前にパジャマを……」

冷たいお水を渡してくれる彼にそう言うと、彼は「どうせ脱ぐんだからなにも着なくていいよ」と笑う。

でも……

その言葉に頬を赤らめながらお水を受け取る。お水を飲んでも、火照《ほて》ってしまった熱は治まりそうになかった。

「おいで、髪を乾かしてあげるよ」

「はい」

そのあとはお互いの髪を乾かし合った。私はバスタオルを巻いて体を隠しているけれど、宗雅さんはバスタオルすら巻いてくれないから目のやり場に困ってしまう。

私がタオルを宗雅さんの下半身にかけて隠そうとすると、「えー、いらないよ」と言ってタオルをぺっと捨てる。そして私の手に彼の屹立《きつりつ》を握らせようとするから、私はもう隠すのを諦め、なるべく下を見ないように彼の髪だけを見つめて乾かした。

宗雅さんのはなぜかずっと勃ったままだし、隙あらば子供のように笑って、私に触らせようと悪戯《いたずら》をしてくる。そんな状況で彼の髪を乾かしきった私は、とても頑張ったと思う。

「じゃあ、しずく。しずくにオモチャ使っていい？」

「は、はい……。あ、でも待ってください」

そう言って、小走りに自分の部屋へ入る。宗雅さんの「どこに行くの？」という声が聞こえたけれど、ここは敢えて聞こえないふりをして部屋に入り、念のため鍵をかけた。

鮎川さんと一緒に選んだ下着を彼に見せたいと思ったのだ。

色々なことがあったせいで機会がなかったけれど、そろそろ見せたい。でも、彼の前で下着をつけるのは恥ずかしいから、隠れてつける私を許してほしい。

「宗雅さん……。悩殺されてくれるかしら？」

　私はドアの前で「ちょっと、しずく。どうしたの？　ここ、開けてよ」と急かしてくる宗雅さんに、「あと少しですから、待っていてください」と答えながら、手早くあの日買った下着を身につけた。そしておずおずとドアから顔を出す。

「しずく、一体どうしたの？　もしかして、オモチャが怖くなっ、たの……」

　おそるおそる下着姿で部屋から出ると、宗雅さんがぽかんと口を開けたまま固まった。気に入らなかったのかしら？

「宗雅さん？」

「あ！　ごめんね！　あまりにも扇情的でびっくりしちゃった。すごく似合ってる。どうしたの、これ。いつもと違う色だね」

　宗雅さんが上擦《うわず》った声で問いかけながら、乳房を包むブラのレースを指でなぞる。そして、その指がゆっくりと下がっていき、腰のラインを辿り、ショーツに触れた。そして、ショーツに指を引っかける。体に触れる指と私を見つめる熱い眼差し――その日が情欲の色に染まっていくさまを見てしまい、私はなんだか恥ずかしくてそっと視線を逸らした。

「～～～っ！　は、はい、えっと……あの日、鮎川さんと一緒に選んだんです。高橋さんのことがあったので、中々見せられなかったんですけれど……。あの、この下着のモチーフになっているお花には花言葉があるんです。これは『信頼』っていう意味らしいです。宗雅さんに私の想いを伝えるのに一番いいかなと思って……。いつもは着けない色ですが、冒険してみました！」

やっぱりまだ落ち着かなくて、ぎゅっと目を瞑《つぶ》りながら下着の意味を彼に話す。すると、彼は私を力強く抱き締め、「最高。最高すぎるよ。感動して泣きそう。鮎川さんに個人的にボーナス出してあげたいくらいだよ」と言った。

「喜んでいただけて嬉しいです」

「うん、すごく嬉しい。今夜は寝かせてあげられないかも」

その言葉にドキッと胸が跳ねる。それと同時に、喜んでいるままに手紙のことを忘れてほしいとも思った。

「さあ、しずく。ベッドへ行こうか」

「は、はい」

彼の言葉に頷く。そして、上機嫌な彼について寝室に入ると、彼はクローゼットを開いた。

「どれにしようかな」

鼻歌混じりに選びはじめた彼を見ていると、恥ずかしくなってきて彼に近づき抱きつく。

先ほどまではなんでもできそうと思えたけれど、やっぱり恥ずかしいものは恥ずかしい。でも、ふと疑問がよぎった。

「宗雅さんは一体どれくらいオモチャを持っているんですか？　選べるほどあるんですか？」

「……大丈夫だよ。全部新品だし、しずくに使いたくて買ったものだから」

なにが大丈夫なのか分からない。

私は誤魔化すように笑う宗雅さんをジトッとした目で見つめた。

「一体どれくらい買ったんですか？　見せてください」

「えっ？　ダメだよ。しずくはびっくりしちゃうと思うよ。こういうのは小出しに……」

「宗雅さん」

「……分かった」

彼は観念したようにクローゼットを大きく開く。そしてその中から大きな箱を取り出して、私の前に置いた。

「こ、これは……？」

え？　一箱分すべてオモチャってこと？

私は目を・かせ、箱と宗雅さんを交互に見る。苦笑した彼は、「だからびっくりしちゃうって言ったでしょう」と箱を開けた。

「⁉」

そこには、濃いピンク色や薄いピンク色をしたよく分からないものが数点ほど入っていた。不思議な形状のものばかりで、どうやって使うのか分からなかったけれど、少し安心した。箱いっぱいだったらどうしようかと思ったわ。でも、これが宗雅さんが使いたいと言っていたオモチャ？　よく分からないけれど、なんだかすごい。初めて見た……。

私がしげしげと観察していると、宗雅さんがはぁっと息を吐きながら、ベッドに腰かける。手を引かれると、分かりやすいくらい体が跳ねた。

「ごめんね。驚いちゃったよね？　引いた？」

「正直……ケダモノと言って逃げたい気持ちをこらえています。でも、思ったより数が多くなくて安心はしました」

「あはは……ごめん……」

私の言葉に乾いた笑いをこぼした宗雅さんは、しょんぼりと肩を落とした。まるで、叱られた子供のような彼を見て、恥ずかしさよりなんだかおかしくなってしまって、彼の背中をさする。

「大丈夫です。逃げたりしないので安心してください」

「ありがとう」

「あの……これを使って自慰をすればいいんですか？」

オモチャを使いながら、手紙なんて読めるのかしら？

「いや、それとこれは別かな。お仕置きが終わってから、オモチャを使おう」

彼はそう言って、あのオモチャが入っている箱からなにかを取り出して開封しはじめた。それを見ていると、怖気づいてしまう。

「オモチャって……使う前にこうやってセットしてるところとか間抜けだよねぇ。分かっていたら、準備しておいたんだけどな」

そう言って苦笑しながら、なにやら消毒のようなことをしている。

「消毒もするんですね」

「一応衛生面も考えてね。あ、ゴムもつけるから安心して。それにこの消毒液、弟に調合させたから安全だよ。オモチャにも膣内にも影響のない消毒液を調合させたんだ」

「えっ⁉」

宗雅さんったら、弟になにを頼んでいるの？

私は若干引いてしまった。頼む宗雅さんもだけれど、引き受ける雅佳さんもよ。兄弟だからって明け透《あす》けすぎじゃないかしら。

「なんかさ。人間って神経伝達物質やホルモンの影響を受けやすいらしくて、例えば人為的に発情させることも可能なわけだよ。ちまたに出回っている媚薬より、創薬研究者に作らせたそういうホルモンや神経伝達物質の分泌剤のほうが、よほど人体に安心で効果も信頼できるかもね」

「はい……は、い？」

言っていることがよく分からない。

私が首を傾げている間に、宗雅さんは準備を完了させた。

「宗雅さん。私、理系の分野は苦手でして……そういうものはよく分からないんです」

音夏さんなら分かるのかしら？　彼女は大学院で、雅佳さんと一緒に薬の研究に精を出しているんだものね。次いつ会えるか分からないけれど、音夏さんを思い出した。

「僕も専門外だから詳しくないけど、人間は時として自分の体内から分泌されるものに抗えないということだよ。そして、これには発情を促すものが混ぜられているんだ。ねぇ、このローションも使っていい？」

宗雅さんがなにかのローションの容器を私の手に乗せた。

ホルモンや神経伝達物質というのはよく理解できなかったけれど、発情するものがそのローションに混ぜられているというのだけは分かった。私は首を横に振って、そのローションを返した。

要約すると媚薬ってことよね？　しかも、雅佳さんに作らせた本当に効果のあるもの。

「そんなの怖いです」

「そう？　まあ、しずくはローションいらずなくらい、すぐにぐっしょりと濡れちゃうもんねぇ。所詮ローションに混ぜてあるから、効果は薄いと思うよ。それに自慰を見せてもらうし、使ったほうがしずくのためにもいいと思うんだ。ねぇ、いいよね？」

「……………」

宗雅さんの語尾の感じから、私に選ばせる気がないことが分かってしまった。これはアレよね。頷くことを求められているのよね。

「きつい薬とかでないのであれば……」

「ああ、良かった。嬉しいよ。でも、まだ使ったことないから効果のほどは分からないんだけどね」

「えっ⁉」

私が思わず聞き返すと、彼は「大丈夫大丈夫。雅佳の腕も頭脳も確かだから」と笑った。

いいえ、害があるかを心配しているのではなくて、効果の具合について気にしているのだけれど。

「どうする？　ショーツだけでも脱いじゃう？　ローションをつけたらせっかくの下着が汚れちゃうよね？　でも、脱がせるのもったいないな……。やっぱりローションつけるのやめようかな」

　彼はうーんと眉を寄せながら真剣に悩みはじめた。どうなってしまうかとドキドキしていたのに、彼がそんなことを真剣に悩むから、つい笑ってしまう。

「笑いごとじゃないよ。せっかく、しずくが僕のために選んでくれた大切な下着なのに……」

「ふふふ。でもこの下着は宗雅さんに喜んでいただくために買ったものなので、汚してくださってもいいんですよ」

「なにそれ、嬉しすぎるよ。ありがとう、しずく。ということは、この下着は僕のためのものってことだよね？　うわー、嬉しい。じゃあ、ちょっと。ちょっとだけローションつけよう。痛くないように」

「はい」

　私が彼の言葉に頷くと、嬉々として私のショーツの中に手を入れて、その媚薬入りローションを丹念に塗りこみはじめた。

「あっ！」

「こんなものかな……。どう？」

　彼は私の顔を覗きこみながら、様子を窺《うかが》ってくれる。でも彼の指は、ローションを塗りこむために私の中に入ったままだ。

ローションのぬるぬると、中に入っている彼の指から逃れたくて身を捩《よじ》る。

「宗雅さん……熱いの……それにぬるぬるして、変」

「可愛い。大丈夫だよ。ちょっと気持ち良くなりすぎるだけだから」

なにが大丈夫なのか。宗雅さんはよく分からないことを言いながら、荒い呼吸をして脱力している私に手紙を握らせた。その笑顔はさながら悪魔のようで、私はもう泣いてしまいそうだ。

「じゃあ、始めようか」

彼は私をベッドのヘッドボードに凭《もた》れさせ、私の脚の間に陣取る。そして、私の手のひらにキスを落としたあと、その手を握ったままショーツへと導いた。

「やっ、待って……」

私が目に涙を滲《にじ》ませながら、手を引っこめようとしても許してくれない。

「ダメだよ。ちゃんと触らなきゃ」

「で、でも……」

「うーん、そっか。しずくには自慰の仕方なんて分からないよね。じゃあ、まずは僕が教えてあげるね」

「え……?」

宗雅さんはそう言って、戸惑っている私の手に被せるように自分の手を重ねて、私のショーツのクロッチ部分を二本の指で撫で上げた。宗雅さんに誘導されているが、自分の手に感触が伝わってきて恥ずかしい。

「あっ、待っ……んぅ」

「ほら、こんなふうに気持ちいいところを触ってみようね」

彼は言い聞かせるように優しく囁きながら、私の手を使ってショーツ越しに花芽に触れたあと、手を離して、私の目の前に手紙を広げた。

そこには宗雅さんのことを練習試合で初めて見かけて、憧れたこと。そして好きになったということが書かれている。過去の手紙を目の当たりにして、恥ずかしさが再燃する。

「む、宗雅さん。本当にするんですか？」

「うん」

そんなにいい笑顔で頷かないでほしい。

私はぎゅっと目を瞑《つぶ》ったあと、おそるおそる目を開けた。すると、優しい微笑みをたたえた彼の目と視線が絡み合う。

「えっと……か、片岡宗雅様へ」

「しずく、ダメだよ。ちゃんと触りながら読んで」

「う……、はい」

私は先ほど教えられたように花芽に触れた。すると、体に甘い刺激が走る。

「んぅ、やっ……」

少し気持ちいい気もするけれど、それ以上に恥ずかしい。というか、本当に触りながら手紙を読むの？　読めるの？

私は困った顔で手紙と宗雅さんの顔を交互に見つめる。でも、彼は優しげな微笑みを崩さずに私を待っているだけで、なにも言ってくれない。私は覚悟を決めて指を動かすことにした。

「んっ、ぁ……と、突然の……っ、おてがみっ、ごめんなさっ……」

や、やっぱり、無理。

どうして、どうして、こんなことに……。こんなことなら、最初から素直に手紙を渡しておけば良かった。

私はすでに恥ずかしさでパニックだった。自分の手を動かすたびに、クチュクチュという恥ずかしい音がする。これは自分のものなのか、先ほど宗雅さんが塗りつけたローションなのか、どっちなのか分からない。

「ほら、早く続きを読んで」

「は、はい……ふっ、ぅ、わ、わたしは、立花……しずく、と……っ申し、ます。初夏のこ、ろにっ、高等、部と……中等部の、れんしゅ、う……っじあ、いで……っ、か、片岡先輩にっ、ご指導……っい、いただいた中等部、のいちねん、せい、ってす」

ショーツ越しに花芽を触りながら、頑張って声を絞り出す。本当は目をぎゅっと瞑《つぶ》って彼の視線から逃れたいけれど、そうすると手紙が読めなくなってしまう。

そんなに長い手紙じゃないのに、途轍《とてつ》もなく長い。

でも、少しずつでも読まなければ終わらないので、私は花芽に触れながら一文一文をなんとか読んでいく。

「お、覚えてっ……いな、い、っかもしれ、ませんが……あ、あの時、っ」

「ふふっ、可愛いね。ちゃんと覚えているよ」

「っ！　あ、あなたの……弓を、引くすが、たや……っ、み、みんなにっ、丁寧に……っ、教えてくださる、すがた、を見てっ……とて、も憧れて、っす、好きになって、しまいましたっ！　と、突然……っ、こ、こんなこと……っ言われっ……っぅ、……お、おどろ、くと思っ……びっくり、させっ、たら、ごめんなさっ」

途切れ途切れに声を絞り出すたびに、宗雅さんが「可愛い」と楽しそうに笑いながら、戯れにブラ越しに胸の先端に触れる。その上、「僕も君の弓を引く姿が好きだよ」とか返事をしてくる。涙目で、そろそろ助けてほしいと訴えても、彼は楽しそうに笑うだけで、動くそぶりはない。

「宗雅さん……っ、はぁ、は、っ……もう、やめませんか？　さ、触りながらだと、なに言ってるか分からないと思います。読みますから、せめて普通に……」

「えー、いやだよ。大丈夫。ちゃんと伝わっているから」

私が宗雅さんの手を掴んで首を横に振ると、彼はショーツのクロッチに指を引っかけ、横にずらす。

「え？　や、やだっ……なにするんですかっ⁉」

慌てて脚を閉じようとした瞬間、また宗雅さんが私の手を掴んだ。あっ、と思う間もなくズプッと膣内に自分の指が入ってくる。

「ひあっ、あっ……」

え、どうして？

とても受け入れられなくて信じられなくて、私が涙をボロボロと流すと、彼は嬉しそうにその涙を舐め取る。

「そろそろ中も触ってあげないと可哀想だよ。ほら、しずく。手伝ってあげるから続きを読んで」

「で、でも、できなっ……あっ、ああっ、やだっ、掻き回さないでっ」

「じゃあ、ちゃんと読もうね」

悲鳴に近い声を上げると、ゆっくりと内壁を押し広げるように、ぐるっと指を動かしながら、諭すように言ってくる。

「やだっ、よ、読むから、指、抜いてっ……ひぁあっ」

「仕方ないなぁ。まあでも……ここまで頑張ったし、そろそろ許してあげてもいいかな。じゃあ、あとは普通に読んでいいよ」

「んっ！」

耳の中に息を吹きかけるように囁かれてゾクゾクした。彼は私の反応を楽しみながら、操っていた指を抜き、耳朶《みみたぶ》を舐める。

「ほら、続きを読んで聞かせて？」

「はう……っ」

その刺激にぎゅっとしがみつく。

「しずく」

「は、はい……えっと、はぁっ、はぁっ……」

えっと、どこまで読んだかしら？

私は荒い息を整えながら、手紙を見つめた。最初は彼に手紙の内容を知られるのすら恥ずかしかったのに、普通に読めることに安堵した。やっぱり彼の前で自慰という……それを超える恥ずかしいことをしたから、なのかもしれない。

「で、ですが、どうしても伝えたいことがあって……お手紙を書いてみました。本当なら、直接お伝えしなければいけないと思うのですが、夏休みに事故に遭ってしまい、弓道を続けることが困難になってしまいました。……部活に行けなくなって、退院した頃には片岡先輩は卒業なさっていて、お会いする方法がなくなってしまったので、失礼かと思いましたがお手紙を書かせていただくことにしたのです。迷惑だったら、ごめんなさい」

あの時は本当のことを言えなくて、でも部活に行かなくなったのは決して甘えからだとか、そういうのではないと知ってほしかった。

部活に不真面目な理由で行かなくなったとは思われたくなかった。軽蔑されたくなかった。でも、あの当時は真相について話すわけにもいかなくて、葛藤しつつも事故に遭ったと書いたのを今でもよく覚えている。

「しずく、ごめんね。君を好きになった時点で僕がちゃんと行動していれば、君は僕と一緒に夏休みを過ごしていただろうから、銀行強盗に巻きこまれることはなかったのに……。なんて不甲斐ないんだろう、当時の僕は」

夏休みを一緒に？　そんなことまで考えてくれていたなんて……

胸が熱くなってきて、私は自分の胸元をそっと押さえた。

「宗雅さんは不甲斐なくなんてありません。それに、それなら私もです。もっと早く自分から積極的に行動しておけば良かったと思います……」

まさか両想いなんて思いもしなかった。雅佳さんが私の手紙を迷惑と言ったように、同じように宗雅さんにまで迷惑なんて言われたら、私ショックすぎて死んでしまったかも。好きだからこそ、慎重になるのは仕方がないと思うの。

宗雅さんは切なげな微笑みで私の頭を撫でてくれた。そして、「しずくはいい子だね」と愛おしそうに抱き締めてくれる。

宗雅さんの想いが泣きそうなくらい嬉しい。

私が涙ぐみながらすり寄ると、優しい手が私の涙を拭ってくれた。

「続き読みますね」

「うん」

「片岡先輩は大学にいっても弓道を続けているのでしょうか？　私はもうできなくなってしまったから、片岡先輩にご指導いただくことはできないけれど、せめて弓を引く貴方をまた見たいです。矢を射る貴方はとても素敵だから。……好きです、片岡先輩。想いに応えてほしいとは言いません。でも、大会などがあったら見にいかせていただけたら嬉しいです。これからも陰ながら応援しています……」

宗雅さんは感動に震えているようだけれど、読みおわるとやっぱり恥ずかしい。

私は彼の胸に熱くなった顔を隠すようにうずめた。

「本当に可愛い。中学生のしずくも美味しかっただろうな。あの時から、色々と教えこみたかったかも。そうしたら、今のしずくはどんなふうになっていたんだろう？」

「やだ、揶揄《からか》わないでください。というか、中学生なんてまだ子供ですよ。まだそんなことできないと思います」

「ふーん。ねぇ、しずく。今、なに考えた？　僕は箱入りのお嬢様なしずくを色々なところに連れていって、経験させてあげたいって意味で言ったんだけど」

「〜〜〜っ！　わ、私……私……ごめんなさい。やだ……」

「あぁ！　よしよし、そんな顔しないで。ごめんね、冗談だよ。僕もずっと好きだったからね。君の手紙に浮かれすぎちゃって、揶揄《からか》っちゃった。これでも……君への想いを拗《こじ》らせている自覚があるんだよ。引いちゃうくらい酷いかもね」

泣きそうになった私の頭を慰めるように撫でながら、茶化すように笑う宗雅さんに、私は首を横に振った。

拗《こじ》らせているのはお互い様だと思う。こんなにも長い間、恋心が続くなんてきっとほかの人が見たら変なのかもしれない。でも、私はその拗《こじ》らせた想いごと受け止めたいし、受け止めてほしい。私にとって貴方は、身も心も捧げたい唯一無二の人だから。

「それは私もです。そもそも十一年も忘れられなかったんです。その執着心や拗《こじ》らせは並大抵なものじゃないと思います。私も、宗雅さんも……」

「はは、そうだね」

すると、彼が私をぎゅうぎゅうと抱き締めながら、小さな声で『ごめんね』と謝った。

「宗雅さん？」

「弓道は高等部を卒業した時に辞めたんだ。大学生の時は父の跡を継ぐために色々と学ばなきゃいけなくて忙しくて、とても続けていられなかった」

「謝らないでください。仕方がないことですし、謝るようなことでは……」

「うん。そうかもしれないけど、君との出逢いのきっかけだし。接点でもあったから……。手紙に、大学で弓道をしている僕を見たいって書いてあって、ちょっと残念に思っちゃったんだ。続けていれば良かったなって」

「宗雅さん……」

寂しそうな宗雅さんの頭を抱えこむように抱きしめると、彼は「ごめんね。ちょっとしんみりしちゃったかな」と言って、誤魔化すように笑った。

「さて、過去の思い出話はもう終わり。そろそろオモチャを使おうか。しずく、さっきのでまだイケてないし、オモチャでいっぱいイこうね」

「………………」

いよいよだわ。

私が息を呑むと、先ほど準備をしていたオモチャを見せつけるように差し出して、私の手に握らせる。それは太さよりも長さのあるものだった。二つくらいくびれていて卵型に三等分されたような形状でプニプニしている。

痛くはなさそう……

私が怯むと、彼が楽しそうに笑う。

「これはね、Ｇスポットやポルチオ部分にピンポイントで当たるように作られたバイブなんだよ。入り口部分の作りも細やかだから、ポルチオを刺激しながら入り口、Ｇスポットの各性感帯にも刺激を届けられる優れものだよ。それにここについているクリトリス用のバイブも、当たる部分が大きめに作られているからずれることなくフィットするしね」

「……？」

やだ、どうしよう。宗雅さんの説明の意味が分からなすぎて、ちょっと不安になってきたわ。

「む、宗雅さん。やっぱり怖いです」

「そう……じゃあ、やめる？」

「う……」

宗雅さんの残念そうな表情に胸が痛む。

ダメよ、私。一つなら使ってもいいと許したのは私なんだから。

「ごめんなさい。やっぱり頑張ります……」

「え……？　本当にいいの？」

「は、はい」

「分かった。でも、本当に怖くて耐えられなくなったら、ちゃんと言ってね？　僕も君の状態を確認するつもりだけど、言ってくれたほうが早く気づけるから」

私が頷くと、彼は私の手からオモチャを離し、プニプニした突起部分だけをショーツ越しに花芽に押し当てて、「じゃあ、いくよ？」と聞いてくる。

「あ、あの……挿れたりしなくていいんですか？」

「突然挿れたらびっくりして怖い気持ちが強くなっちゃうかもしれないから、まずはクリトリスだけ試してみようと思うんだ。いい？」

宗雅さんが気を遣ってくれている。そのおかげか怖さが少しやわらいだ気がした。

「はい……ひゃあっ」

宗雅さんは私が返事をすると、花芽を刺激する部分だけのスイッチをＯＮにした。カチッと音がした瞬間、体が跳ねるほど気持ち良さが襲ってきて、大きな声が漏れてしまう。

「ん……んぅ、ふぁっ、待っ」

な、なにこれ……。これ、まずいかも。オモチャが悪いの？　ローションが悪いの？　分からない。

「どう？　気持ちいい？」

「は、い。気持ちいいです……っ、で、でも、これダメです。気持ち良すぎて……っあ」

「そう？　じゃあ、もう少し強くしてみようかな」

え？　と思った瞬間、またカチッと音がして花芽から腰のあたりまでを突き抜けるような快感が走った。電流が流れるようなピリピリとした快感と指でされる時よりも段違いの刺激に、私は体を仰け反らせ足先までぴんと力が入る。

「あぁぁぁっ、やだっ……これ、変っ！　ああっ！」

自分でも止められないくらい大きな声が出て、与えられる振動に連動するかのように体がビクビクと跳ねる。

な、なにこれ、やだやだ、やめて……

「ふふ。しずく、イクのが早いよ。初めてのオモチャなのに、奥まで入っちゃいそうなくらいびしょびしょにして……。下着越しなのに、濡れてるのが分かるよ。いやらしいね」

「ち、違っ、これはローションの……ああっ、やぁっ、やめてっ」

「さぁ、それはどうだろうね？　しずくの体に聞いてみようかな」

「あああっ！　やぁっ、それ強いのっ……ああっ！」

揶揄《からか》うような宗雅さんの声と、頭の中が真っ白になっても尚、襲いかかってくる強い快感から逃れたくて体を捩《よじ》り、花芽にオモチャをあてている彼の手をぎゅっと掴むが、彼は楽しそうに笑うだけでやめてくれない。それどころか空いている手で私の跳ねる腰を押さえつけ、さらにグッと押しあてる。

「ひう、あぁ、ダメッ……も、もぉっ」

「ダメじゃないでしょ。ほら、さっきの自慰でちゃんとイケなかったんだから、今たくさんイカないと」

「やぁ、む、無理っ……も、もう、何回もっ、あぁぁっ!!」

そんなにいっぱい無理なのに……

イヤイヤと首を振って気を逸らそうとしてみたけれど、すぐに思考や全身の感覚がオモチャに集中する。目の奥が明滅を繰りかえして、体が痙攣《けいれん》するのを止められない。脊髄から爪先までビリビリして逃げたくなるけれど、宗雅さんの手が逃がしてくれない。体を凶暴な快感が支配していくのを、私はただ首を横に振って受け入れることしかできなかった。

「可愛い、しずく。いいよ、好きなだけイこうね」

よしよしと頭を撫でながらショーツが脇にずらされたと思った瞬間、押し広げる感覚と共にオモチャをずぷっと奥まで突き挿れられて、再度スイッチが入れられた。目の前が一瞬真っ白になって、はくはくと息をする。

「あぁ、すんなりと入ったね。いい子」

あ、これ、ダメ。飛んじゃう。

「ひあっ！」

意識が飛びそうと思ったのに、奥を穿《うが》たれ、花芽まで突起で嬲《なぶ》られたことで、意識を無理矢理浮上させられた。花芽にあたる部分の突起が焦らすような位置に当たり、身を捩《よじ》ると、次は中を抉《えぐ》られる。

先ほど以上の鋭い感覚に、大きく見開いた私の目から涙がこぼれ、全身が自分のものじゃないみたいに勝手に跳ねる。

「あ……ああっ、やだぁっ、あああっ！」

挿れたばかりなのに、頭がおかしくなりそうなほど気持ち良くて、私は目をぎゅっと瞑《つぶ》った。

やっぱり、雅佳さんが作った媚薬入りローションの効果は確かなものだった。でも、それを嘆いても、もう遅い。

「ひあ、あ……っ、やだ、やぁっ」

今度は奥を優しくなぞられ、腰が浮く。まるで体の一番奥を優しく捏《こ》ね回されているようで、私はいやいやと首を横に振った。

「あ……あ、オモチャ、もう……やだ、おねがっ、もうやめてっ、ひああっ」

「しずくは僕に身を委《ゆだ》ねるって言ったじゃないか。なら、それを決めるのは僕だよね？」

優しげな笑みと声に私は目を大きく見開いて、涙が止まらない。

で、でも、こんなの、こんなの無理。

「やだ……もう無理……死んじゃう、やだぁ」

「あはは、大袈裟《おおげさ》だな。大丈夫、君の状態を見誤ったりしない。しずく、限界まで虐《いじ》めてあげるよ」

「ひっ……」

宗雅さんがオモチャを、まるで性行為を意識させるような動きで出し挿れし、最奥を穿《うが》つ。

「ひぅ、ぅあ……ああっ」

内壁をずりゅと擦り上げる動きに、体が跳ねるのが止まらない。花芽も中も全部全部気持ち良すぎて、私は泣きながら狂ったように悲鳴を上げ続ける。そんな私の胸を彼は楽しそうに優しく弄《もてあそ》ぶ。ブラを取り払い、乳暈《にゅううん》を舌で円を描くようになぞられて、焦らすような動きに身を捩《よじ》ると、咎《とが》めるように埋められているオモチャで内壁を抉《えぐ》られる。

「ふあ、ああっ……やあっ、やだっ」

内壁を擦り上げるような動きに、汗や愛液じゃないなにかがプシャッと吹き出して、宗雅さんの手を濡らした。その瞬間、胸の先端をきつめに噛まれる。

「可愛いね、しずく。教えていないのに潮吹きまでできるようになって。僕は嬉しいよ」

「ひあぁっ」

宗雅さんの嬉しそうな声と、体の奥深くまで入りこんでくるオモチャに目を大きく開けて、私は啼き続けた。

もうずっとあられもない声を上げ続けていて、自分では止められない。徐々に恥ずかしいとか、そんな感情はどろどろに溶けてなくなって、今あるのは気持ちいいということだけ。

「しずく、どう？　もっとポルチオで気持ち良くなろうね」

「やだ、それやぁっ」

オモチャがまた奥深くまで捩《ね》じこまれ、最奥を優しく捏《こ》ねまわされる。もうショーツも太ももも、あふれた愛液と先ほど出たなにかで濡れている。それに体の震えも止まらない。

「可愛い。気持ちいいんだね。バイブでこんなに乱れるなんて、ちょっと嫉妬《しっと》しちゃうな」

あまりにも強い刺激に、脚がぴんと伸びる。オモチャと宗雅さんの手をぎゅっと脚で挟むことになって、その刺激でまた仰け反ってしまった。

お腹の奥を容赦なく捏《こ》ねくりまわされる未知の感覚に、私は何度も「抜いて、スイッチを切って」とお願いした。

「そんなに抜いてほしい？　じゃあ、代わりに僕のが欲しいって上手におねだりができたら考えてあげるよ」

「も、もぉ、抜いて……宗雅さんのが、いいの……おねがっ、宗雅さんのを、くださいっ」

私はもう必死だった。宗雅さんのが欲しいと泣きじゃくりながら懇願する。その瞬間、「いい子」という言葉と共に、オモチャが引き抜かれ、ズンッと一気に奥まで彼の硬い屹立《きつりつ》が突き挿れられた。

「っ——！」

ダメ、これ無理……

先端が最奥に触れた時、頭からつま先まで電流のようなものが駆け抜けて、私はまたプシャッと吹きながら体を仰け反らせ悲鳴を上げた。

腰も脚もガクガクするのが止められない。それどころか全身が震えている。

「やあああ——っ！」

「あはっ、すごい反応だね。そんなに気持ちいい？」

宗雅さんが腰を揺するたびに頭の中が真っ白になる。

「やああっ、待っ……ずっと変なの、止まらない……やだぁ、やっ、やめてっ、ひああっ」

「やだなぁ。挿れたばかりで止まれるわけないでしょう？　大丈夫、しずくの心も体もまだまだイけるよ」

宗雅さんは楽しそうに笑うだけで、止まってくれない。中を掻き回し、容赦なく奥を穿《うが》つ。

頭の中も体も彼から与えられる刺激で甘く痺《しび》れ、真っ白になっていく。

「――――っ!!」

「可愛いね。声にならないくらい気持ちいいんだ。このローションすごいね。いつもより乱れたしずくが見られて、嬉しいよ」

雅佳さんのバカ、宗雅さんに変なもの与えて……。こういうものは、音夏さんと使えばいいのに……。私は雅佳さんを非難しながら、次会った時は「今後二度と宗雅さんに変なものを与えないでください」と言おうと心に決めた。

「なに？　考えごと？　まだ余裕あるんだ」

「やあっ、違っ、あひっ、やあああっ！」

その言葉と共に、宗雅さんが奥に押しあてて腰をグラインドさせた。

声にならないくらい気持ちが良くて、目の奥がチカチカする。この快感の波から逃れる術がなくて、私は泣きながら「待って」と懇願した。

「ひうっ、待っ……もぉ、無理ぃ……やぁっ」

「しずく、無理じゃないでしょ。もっとでしょ。ほら言って?」

そ、そんな……

私が泣いて首を横に振っても許してなんてくれない。

私は泣きながら、「もっとしてください」とお願いした。

「あぁっ!」

体は限界だと悲鳴を上げているのに、宗雅さんに穿《うが》たれるたびに、心は歓喜に震える。

もっとと言葉にすると――自分がどんどん彼の色に染まっていくのが分かって、多幸感が私を包む。

「むねまさ、さんっ……好きっ、愛してるのっ」

「僕も愛してるよ」

その想いのまま手を伸ばすと、ぎゅっと抱き締めてくれる。

ああ、幸せだ。

「可愛いよ。しずく、今はなにも考えずに僕が与えるものだけに夢中になって?」

その言葉と共に宗雅さんの手が私の目を覆《おお》う。促されるまま、目を瞑《つぶ》ると「いい子だね」と褒めてもらえる。

「そうだよ、しずく。今は僕だけに溺《おぼ》れて」

「好き……宗雅さん、好きですっ、愛して、ああっ！」

「ん……いい子だね。もう絶対に離さない。君は永久に僕のものだよ」

「ああっ、あっ……ひぅ、は、はい、わ、私は、宗雅さんの……宗雅さんだけのもの、ですっ」

そう言ったのと同時に、彼は私の脚を自分の肩にかけて、激しく腰を打ちつけてきた。奥まで抉《えぐ》られて、私は歓喜の声を上げる。

「ひゃああ……あああっ！」

宗雅さんは体中が法悦の波に呑まれている私の奥を揺さぶりながら、何度も何度も「愛している」と言ってくれる。繋がったところからどろどろに溶けて、本当に一つになれそうなくらい気持ちが良くて、私は彼の腕の中で多幸感に包まれながら、彼に縋《すが》りついた。

ずっとずっと好きだった人に愛されている。身も心も私のすべてを受け止めてもらえた。

彼は、過去のトラウマも傷も全部さらけ出して癒《いや》してくれる。彼にならば縛られたい。縛られて、彼の愛を注がれたい。そう強く思った。

「もっと……もっと、宗雅さんで、いっぱいにして、くださいっ」

そうねだると、彼は嬉しそうに笑ってくれる。それだけで、幸せな気持ちになれた。

「ああ――っ!!」

抗えないほどの激しい快感の波と宗雅さんの熱い想いに包まれて、私は頭の中が真っ白になった。

「しずく、愛してる。今までの十一年間以上に君を愛すると誓うよ。もう絶対に離さない。絶対に守る。もう誰にも君を攫わせたりしない。怖い思いをさせたりしない。でも、たまに……君を縛りつけて家の奥深くに閉じこめたいって考えてしまうんだ……。しずく、弱い僕でごめんね」

行為後思考が定まらず、ぼーっとしている私のびしょびしょに濡れたショーツを脱がしながら弱音を吐く彼を、私は目だけ動かして見つめた。本当は手を伸ばして、頭を撫でてあげたいけれど体は動かない。すると、彼は私の額《ひたい》にそっとキスをしてくれる。

「宗雅さん……何度も言うように私は貴方のものです。怖がらないで……もう絶対に貴方の側を離れたりしないから」

「しずく……」

「そんなに怖いなら、私を縛りつけて監禁してもいいですよ。その代わり毎日愛して、毎日私の心と体に貴方を刻みつけてくださいね」

そう言って悪戯《いたずら》っぽく笑うと、宗雅さんが驚いたように目を大きく開けた。そして、「本当に敵わないなぁ」と笑う。

「大丈夫。絶対に守るから、そんなことしない。それに、しずくは僕の大切な秘書だしね。会社にとってもいなくなると困るよ」

「宗雅さん」

「ねぇ、しずく。そんなことより早く結婚式を挙げて籍を入れよう。早くしずくを僕の妻にしたい。ネクタイなんかより法で縛りたいんだ」

「ふふっ。じゃあ、明日出社したら片岡グループで一番いいホテルの式場を予約しますね」

「期待してるよ、僕の有能な秘書さん……ううん、僕の奥さん《副社長夫人》」

そう笑った宗雅さんは、私の唇にキスをしてくれた。

ああ、幸せだ。なにがあっても私はこれから先も彼だけを愛して、彼に尽くして縛られて生きていく。

誰がなんと言おうとそれが私の幸せなの。

結婚初夜

ああ、いよいよ……いよいよだわ。

清々しいほど晴れ渡っていて、ポカポカといい陽気で結婚式日和《びより》だ。まるで天気も背中を押してくれてるみたい。私は式場の控え室の窓から見える空を仰ぎ見て、思わず顔を綻《ほころ》ばせた。嬉しさが顔にまでこみ上げてきて、ついついにやけてしまう。

私達は花の便りが届く時期を選んで、片岡グループが持つ式場で結婚式を挙げることにした。宗雅さんに一番いいホテルの式場を予約すると約束してから半年以上経ってしまったけれど、招待するお客様や式場などのスケジュールの兼ね合いもあって、この時期がちょうどいいということになったのだ。

「とてもお綺麗ですよ」

「ありがとうございます」

メイクさんの言葉に、はにかむように笑う。

宗雅さんも気に入ってくれるかしら？

何度かドレスの試着をしているので宗雅さんも見ているのだけれど、今日は試着とは違う。髪も綺麗にセットされ、とても美しくメイクをしてもらい、まるで自分が物語に出てくるお姫様にでもなったかのようだ。

彼の反応を想像しながら、ドレスを選んだ時のことを思い出した。

『宗雅さん、宗雅さん！　次はこれを着てください！』

私はタキシードとフロックコートを興奮気味に差し出した。彼は困ったように笑ったけれど、結局は私が着てほしいと言ったものを全部着てくれて、『どう？』と見せてくれる。なにを着てもビシッと決まる宗雅さんに、デザイナーさんやブライダルスタイリストさんと一緒に手を取り合い、きゃあきゃあと黄色い声を上げたのは、本当に楽しくていい思い出だ。

宗雅さんったら、本当になんでも似合うんだもの。どれも素敵すぎて選べず、結局は結婚式でタキシードを着て、お色直しの時に私の衣装にあわせてフロックコートと着物を着てもらうということで落ち着いたのよね。

そして、宗雅さんの衣装選びが終わると、次は彼が張り切って私の衣装を選びだした。

『しずくは、やっぱりプリンセスラインが一番似合うと思う。マーメイドラインやスレンダーラインは、体のラインが出やすいから避けたいんだよね。あとはAライン、ベルラインもいいかな？　うーん、どうしよう。しずくはなにか気になったドレス、あった？』

『そうですね……。私はロングの手袋を絶対につけたいので、それに合うドレスがいいです。……あ、これなんてどうですか？　Aラインですが、王道のデザインだし、フラワーレースがあしらわれていて、とても綺麗ですよ』

『手袋には合いそうだけど、このドレスはダメだよ。オフショルダーだし、なにより背中が見えすぎてる……』

結局のところ、お互い相手の衣装を選ぶ時のほうがついつい必死になってしまったのよね。

まあ、ウェディングドレスにある貴方の色に染まりたいという意味の通り、宗雅さん好みのドレスを着たい私としては選んでもらえて嬉しい。

宗雅さんは、『完全に肌を出すんじゃなくて、総レースにして肌見せをするくらいのほうがいいな』と言いながら、真剣な表情でドレスを選んでいる。そして、肩からのトレーンがお姫様のようで可愛い、フラワーモチーフのプリンセスラインのドレスと、女性の憧れが詰まった贅沢《ぜいたく》なロングトレーンと、ふっくらした変形バックリボンが魅力的なAラインのドレスを選んでくれた。

『どちらも可愛いです！』

『気に入ってくれたなら嬉しいよ。ロングトレーンがあると豪華に見えるし、どの形にも合うから、お姫様みたいでいいと思うよ。万が一動きづらいならトレーン部分を取り外せるようにすればいいし』

『はい』


そして色々試着してみて、気に入ったフラワーレースやロングトレーンなどを盛りこみつつ、オーダーでデザインを決めた。そのドレスがこれだ。

私は宗雅さんがこだわった適度な肌見せに気をつけつつ、背中や胸元にレースをあしらってもらったドレスを鏡越しに見つめた。

バックや袖のデザインにもこだわりがあって、舞い散る花々をイメージしてレースが配置されている。形は王道のプリンセスラインにした。宝石が縫いつけられたカットレースがスカート全体に使用されていて、まるでガラス細工のようにキラキラと美しく、床に流れるロングトレーンの裾が優美さを演出している。

そのドレスを見つめながら、「宗雅さんも気に入ってくださるでしょうか？」と問いかけると、皆が笑顔で頷いてくれた。

「もちろんですよ。惚れなおしてくださると思います」

「副社長とは学生時代から続く初恋だと聞いたのですが、本当ですか？　私達、それを聞いて憧れるねって話していたんです」

「あ……ずっと続くと言っても、お付き合いを始めたのは再会してからなんです」

私が熱くなった頬を押さえながらそう答えると、ドレスのロングトレーンを綺麗に整えながら、ブライダルスタイリストさんとヘアメイクさんが「それって再会するまでの間、お互いずっと想い続けていたってことですよね？」と、目を輝かせる。

確かにそうなのだけれど、改めて言葉にされると、なんだか照れくさい。

彼女達の言葉に照れ気味に頷くと、皆からきゃあっという声が上がる。それと同時に、コンコンとドアをノックする音が聞こえた気がした。

「え？……あら、誰かしら？」

私達が視線をドアのほうに向けると、ドレスを整えてくれたスタイリストさんが立ち上がり、「もしかすると副社長かもしれませんよ。噂をすればですね」と、ふふっと笑いながら応対に行ってくれる。

彼はもう準備が終わったのかしら？

スタイリストさんの言葉にそわそわと落ち着かなくなると、ほかのスタッフの方々も「こちらも準備を終えましたし、ちょうどいいですね」と微笑んでくれる。

そ、そうよね、とても綺麗にしてもらったんだもの。きっと、宗雅さんも気に入ってくれるわ。それに見に来たのは母、って可能性もあるのだし。

私は胸元を押さえながら落ち着くために小さく深呼吸した。

「楽しそうだね。廊下にまで皆の声が聞こえて、僕も嬉しくなっちゃったよ。今日はよろしくね」

っ！　やっぱり宗雅さんだわ……！

「もう見てもいいかな？」

衝立《ついたて》が置かれているのでドアのほうは見えないけれど、彼の声が聞こえてきてドキンと胸が跳ねる。スタイリストさんの予想が当たったと思いながら、ドアのほうを見つめていると、彼がスタッフさん全員に優しく微笑みかけながら中に入ってくる。その姿に一瞬で目を奪われてしまった。

スタイリッシュでありながらも格式と洗練された気品を醸《かも》し出す彼の姿を見て、胸を衝《つ》かれた。

宗雅さん、素敵……

「しずく、支度終わった？　返事がないから入ってきちゃった」

彼の声が聞こえても、私は真っ赤になって硬直したまま、返事ができずにいた。彼は「しずく？」と、そんな私の顔を覗きこむ。

「……ご、ごめんなさい。あまりのかっこよさに見惚れてしまいました」

宗雅さんの顔が至近距離にあることに気づいてハッとし、視線を外す。すると、彼は

「ははっ」と笑って私の手を取った。

「それは僕のセリフだよ。とても綺麗で、つい見惚れちゃった。本当に美しいよ、僕の可愛い奥さん……。カットレースに刺繍された宝石が煌《きら》めいて、君に釘づけになっちゃいそう。ああ、この計算し尽くされた後ろ姿は感動ものだよ。華やかで印象的でありつつ、しっとりとした上品さがたまらなくて、しずくにとても似合ってる」

「〜〜〜っ！」

私が言った言葉の何倍にもなって返ってくる褒め言葉に、嬉しいのと照れくさいのが合わさって、一気に体温が上がった気がした。

「そ、それは宗雅さんです。とても素敵でかっこ良くて……すごく似合っています。王子様みたい」

「ふふっ、ありがとう。それなら、しずくはお姫様だね。僕の可愛いお姫様」

宗雅さんはそう言って私の手の甲にキスを落とした。その唇を手のひらに滑らせながら、私を見つめる。手袋越しなのに、とても熱い。

「む、宗雅さん！　ここ、控え室です！　皆がいるので……」

「えー、今日くらい人前でイチャイチャしていても許されるよ」

「で、でも……」

「副社長。私達はご両親様のご様子を窺《うかが》ってまいりますので、好きなだけイチャイチャなさってください」

　宗雅さんの言葉に皆がクスクスと笑いながら、控え室を出ていってしまう。

　そんなふうに、変に気を使われるとすごく恥ずかしいのだけれど。それに部屋に二人きりになると、緊張するから、いてくれたほうが良かったのに。

　私はそんなことを考えながら名残惜しげにドアを見つめ、顔を隠すように俯《うつむ》いた。しかし、すぐに宗雅さんの手にすくい上げられた。

「あはは、顔真っ赤だね。可愛い」

「だ、だって……宗雅さんが皆の前で……」

「ごめんごめん。ねぇ、しずく。婚姻届はすでに出したし、この式が終われば正真正銘しずくは僕のものだね」

「は、はい。でも、私は最初から宗雅さんのものなので……」

　彼が私の頬に手を添えながら熱っぽい視線で見つめるので、私はなんだか気恥ずかしくてごにょごにょと返事をする。

　どうしよう。なんだか、すごくドキドキしちゃって、どうしたらいいか分からない。

　私は自分の顔を隠したくて、宗雅さんの胸に顔をうずめた。

「しずく。今そんな可愛い反応をされたら、結婚式どころじゃなくなっちゃうよ。このまま君を攫って二人で部屋にこもりたくなる」

「ああもう。本当に可愛い。そんなふうに焦った顔をされると、襲いたくなっちゃうな」

冗談めかしてそんなことを言いながら壁際に追い詰めてくる宗雅さんに、私は慌てて首を横に振って彼の胸を押す。

「ダ、ダメです。私達の結婚式には両家の親族だけじゃなく、会社や取引先企業の皆様も集まってくださっているのに……」

「分かってるよ。せっかく、しずくを僕のものだって公言できる場なのに、バカなことはしない。でも、本当に大丈夫？　誓いのキス、ちゃんとできる？」

「え？　誓いのキス？」

あ、そうよね。誓いのキスって、皆の前でするのよね。

指摘されると途端に恥ずかしくなって、隠すように真っ赤な顔を彼の肩に押しつける。

「……少し恥ずかしいかもしれません」

「じゃあ、練習しようか？」

「練習？」

「えっ……？」

キョトンとしていると、彼は私の顎を掴む。そして、「しずくが上手に皆の前で僕のものだと誓える、そのための練習だよ」と言って唇を近づけた。

「待ってください。口紅が落ちちゃいます。せっかく綺麗に塗ってくださったのに……」

「えー、ざんね、っ！」

「きゃあっ！」

彼の胸を押した瞬間、雅佳さんが彼の頭をスパーンと叩く。

い、いつの間に入ってきたの？

私は、突然のことに息が止まりそうなくらい驚いてしまった。

「そういうことは式が終わって二人きりになってからにしてくれ」

「今も二人きりだったけど……？　勝手に入ってきた雅佳が悪いんじゃないの？」

「俺はノックをしたぞ」

「宗雅さん、雅佳さん！　落ち着いてください」

ど、どうしましょう。喧嘩が始まってしまったわ。

二人の言い合いにおろおろしていると、雅佳さんの後ろから音夏さんが顔を出す。

半年後まで会えません宣言をしていた音夏さんが笑っていて、私は先ほどまでの気持ちがどこかに飛んでいって嬉しくなった。

「音夏さん……」

「準備で大変な時に、うるさくしてごめんなさい」

「あ……いえ。音夏さんこそ、もう忙しくないんですか？」

「はい。今は落ち着いているので大丈夫です。あの時はごめんなさい」

音夏さんは頭を掻きながら以前のことを謝ってくれる。好きなものや将来の夢に向かって突き進んでいる彼女を眩しいと思った。

私はずっと宗雅さんのことで頭がいっぱいだったから、将来のことをちゃんと考えたことはなかった。好きなものといえば弓道くらいだったし……。けれど、私の学生時代からの夢は『宗雅さんのお嫁さん』だったから、無事に叶えることができたということよね。

私は「いいえ」と返事をしつつ、緩む口元を押さえた。

「しずくさん、幸せそうですね。見ているこっちも幸せな気持ちになります」

そう言って笑った彼女に、はにかむような笑顔を向ける。

「はい！　とても幸せです！　音夏さんもいずれ雅佳さんと結婚なさるんでしょうか？　そうなったら、私とも仲良くしてくださいね。それに、お二人の馴れ初めや普段どんなふうに過ごされているのかも聞きたいです。恋バナしましょう！」

「はい、是非。といっても、結婚はまだまだ先になりそうですが」

「俺は院の卒業と同時でもいいけどな。今から二年もあるんだし、音夏も心の準備ができるだろ？」

「ちょっと、雅佳は黙ってて！」

雅佳さんの横腹を肘でつつく音夏さんに、私はつい笑ってしまった。

彼はあの時と全然違う。

苦手意識が綺麗に消えていく。私は温かい気持ちで二人を見つめた。

「しずく。雅佳の結婚式の時は、今のお返しに二人の邪魔をしてあげようね」

「もう宗雅さんったら」

私の手を握り悪戯《いたずら》っぽく笑う彼に苦笑しつつ、たしなめる。

「あらあら～、ここに皆集まっていたのね。まあ、しずく！　とっても綺麗よ」

「本当ね！　宗雅にはもったいないくらいだわ」

しばらくすると、スタッフの方が戻ってきて宗雅さんのお母様と母を連れてきてくれた。一気に場が賑やかになる。雅佳さんはお義母《かあ》様を見て「うわっ」と呟き、音夏さんの手を引いて逃げるように出ていってしまった。

どうかしたのかしら？

「あ……ねぇ、お母様。お父様達は？」

出ていく二人の背中を見つめながら、キョロキョロと父達を探す。

「あの人は、片岡社長とお話し中よ。はぁ、一体なんの話をしているんだか……。こんな時くらい仕事の話はやめてほしいものだわ」

「あれはもう病気だから放っておけばいいわよ。宗雅は大切な時に仕事を優先する人間にはならないでね。研究バカな雅佳も手遅れみたいだから、頼りは貴方だけよ」

「……。そんなことより、皆でここに集まってどうするのさ。チャペルのほうに行きなよ」

ドレスアップした私の手を代わる代わる握りながら、口々にそんなことを言う母達に宗雅さんが呆れた声を出す。もしかすると、雅佳さんはお小言が始まると思ったから逃げたのかもしれない。私は二人の母の言葉に微笑み返した。

「宗雅さん。お祝いしていただけてとても嬉しいんですから、そんな言い方をしてはいけませんよ」

「しずくちゃんは本当に可愛いわね。こんなに可愛い子がお嫁さんに来てくれて嬉しいわ」

「ありがとうございます」

ふふっ、嬉しい。これから本当に家族になるんだなと思うと、じんわりと胸が熱くなる。

私は抱き締めてくれるお義母様《かあ》の腕の中で、幸せを噛み締めた。

「ご歓談中申し訳ございません。ご参列者様の会場入りが終わりましたので、皆様そろそろ……」

母達を連れてきてくれたスタッフさんが、申し訳なさそうに頭を下げる。すると、宗雅さんがお義母様《かあ》の腕の中から私を奪い返し、「さあ、行こうか」と微笑んだ。

「はい！」

いよいよだわ！

宗雅さんの腕に自分の腕を絡め、チャペルへ向かう。

チャペルはホテルの敷地内の、喧騒から少し離れたところに佇み、青くきらめく海と空が一望できる絶好の場所にある。潮の香りがするくらいビーチにも近く、海から吹く浜風が心地いい。我ながら、いい場所を選んだと思う。

それに全方位がガラス張りなので、青く澄みわたる空と遥かに広がる海が一体となっていて、まるで海の真上にいるような錯覚と非日常感も味わえるのよね。私はここに下見に来て、一目惚れした時の気持ちを思い出して、うふふと笑った。

「新郎様と新婦様はこちらでお待ちください」

チャペルのドアの前に着くと私達を残し、母達が先にスタッフさんに案内され中に入っていく。すると、タイミング良く父がやってきて、宗雅さんに手を差し出し頭を下げる。

「宗雅くん、しずくを頼みます」

「はい。必ず幸せにすると誓います」

はっきりと宣言して、固い握手を交わす二人を見ていると私はもう泣きそうだった。

この人についていけば必ず幸せになれる。この人だからこそ幸せになれるのだ。

「ちょっと……しずく。泣くの早いよ。メイクが崩れちゃうよ」

「ごめんなさい……とても幸せで……」

「もう。言っておくけど、これからいっぱい幸せにするから覚悟しておいて」

「っ、は、はい！　わ、私も宗雅さんをいっぱい幸せにしますっ」

「なら、もう泣かないで。笑おう、しずく」

彼は少し困った顔で、涙ぐむ私の目尻をそっと拭ってくれる。

彼は泣きやめと言うけれど、無理だ。宗雅さんが、私を泣かせるようなことばかり言うから。

「新郎様のご入場です」

「あ、行かないと……」

司会の方の声がしてドアが開くと、私はハッと顔を上げた。

彼はヘアセットを崩さないように軽く私の頭を撫でて、「先に行くけど、もう泣いちゃいけないよ」と心配そうに言って中に入っていった。

その足取りは堂々としていて、緊張は一切見られない。

私も宗雅さんのように前を向いて背筋を正さなきゃ。泣き止まないと。

「では、新婦様もこれから入場となりますが、大丈夫ですか？」

「はい。もう大丈夫です」

介添人の方にベールを下ろしてもらった私は、父と腕を組んで頷いた。

「続きまして、新婦様のご入場です」

司会の方の声でゴクリと息を呑む。背筋を伸ばし、ゆっくりと――でもしっかりとした足取りで純白の大理石でできたバージンロードを進む。

一瞬一瞬が美しいチャペルの中を進むと、宗雅さんが待っていてくれる。優しい瞳で見つめる彼をベール越しに見つめ返す。彼に近づくにつれ鼓動が速くなるけれど、なるべく平然とした表情を心がけて彼の前まで進む。

緊張しているけれど夢見心地でもあって、幸せすぎて怖いというのはこういうことを言うのかしら？　でも彼とならなにも怖くない。私は今日すべてをこの人のものにしてもらう。そう思うと、心強い気持ちにもなった。

宗雅さんの側にゆっくりと歩み寄り、父の手を離れて、彼の手を取る。

「緊張してる？」

「はい。でも宗雅さんが側にいてくれるので、大丈夫です」

「もう少し頑張ろうね。このあと海で、しずくのぬいぐるみと同じオオサンショウウオでも探そう、とか考えると緊張が飛んでいくんじゃないかな」

「宗雅さん……オオサンショウウオは河川の上流が生息地です」

「あれ、そうだったっけ?」

ひそひそと話しかけてくれる宗雅さんの言葉で緊張がやわらぎ、私はふふっと笑った。

すると、神父様に「そろそろいいですか?」とそっと促された。慌てて頷くと、神父様は微笑んだ。

「片岡宗雅さん。貴方は今立花しずくさんを妻とし、神の導きによって夫婦になろうとしています」

チャペルの中に、神父様のよく通る声が響き渡る。

「汝、健やかなる時も病める時も喜びの時も、悲しみの時も富める時も貧しい時も、これを愛し敬い慰め仕え共に助け合い、その命ある限り真心を尽くすことを誓いますか?」

「誓います」

神父様の言葉に、宗雅さんは厳かに返事をする。

「立花しずくさん。貴女は今片岡宗雅さんを夫とし、神の導きによって夫婦になろうとしています。汝、健やかなる時も病める時も喜びの時も、悲しみの時も富める時も貧しい時も、これを愛し敬い慰め仕え共に助け合い、その命ある限り真心を尽くすことを誓いますか?」

「誓います」

迷いなく返事をすると、「いい子だね」と褒められる。彼を見ると、穏やかに微笑んでいる彼と目が合う。あとでご褒美をあげるよと言っているみたい。その視線にドキドキする。

「では、指輪の交換を」

神父様が、純白のリングピローに載せた指輪を差し出す。

これは宗雅さんの知り合いがデザインしてくれた指輪だ。ゆるやかなカーブを描き結びつくようになっている指輪で、その上に輝くダイヤモンドが二人の絆を表現している。二人の想いが決して解けないようにとの願いを込めて作ってくれたのだ。

私はこの指輪に込められた想いの通り、宗雅さんとずっと一緒に生きていく。これまで共に歩んできた想いを、ストーリーを、そして『これからの二人』を大切にし、今日改めて誓いたい。

私がその指輪をうっとりと見つめていると、宗雅さんが私の左手を取って薬指にはめてくれる。そして、その指輪にキスを落とした。

「～～～っ」

「ほら、次はしずくの番だよ」

「は、はい」

予定外のことが起きて、慌ててしまう。私は顔を真っ赤にしながら彼の左手を取り、同じように指輪をはめた。でも、彼の手にキスはできなかった。私は宗雅さんのように、皆の前でそういうことを堂々とできないので許してほしい。

神父様は私と彼を交互に見たあと、「では、誓いのキスを」と言った。その瞬間心臓が跳ねる。

宗雅さんを見つめると、彼はゆっくりとベールを上げる。そして、視線が絡み合い彼の目がすっと細まった。

「しずく、愛しているよ」

「はい。私も、私も愛しています」

彼の言葉にすかさず返事をすると、彼は腰を屈《かが》めて唇に軽くキスをしてくれた。頬を染めながら目を瞑《つぶ》り、そのキスを受ける。

彼の愛を受けながら、拍手の音に包まれ、私は祝福してもらう喜びと正真正銘彼のものになれたという幸せを噛み締めた。

◆　◇　◆

「結婚式……終わっちゃいましたね」

大変だったけれど、終わってしまうとなんだか寂しい。だけれど、やりきったという気持ちのほうが大きい。

これで私達は正式に夫婦になれたんだもの。すごく嬉しい。

結婚式と披露宴が終わり、スイートルームの大きな窓から夜景を見つめながらホッと一息つく。すると、宗雅さんが背後からぎゅっと抱き締めてくれる。

「そうだね、でも僕としてはやっとだよ。早く挙げたくて仕方がなかったからね」

「宗雅さん、ずっと言っていましたもんね。明日挙げられたらいいのにって」

クスクス笑うと、首裏にキスが落ちてきた。彼が甘えるように首筋にすり寄ってきたので、そっと手を伸ばして柔らかな髪を撫でる。

彼の目が気持ち良さそうに細まるのを見つめていると、心の中が温かいもので満たされる。

「これでしずくは僕の奥さんになったんだから、もう絶対に離さないよ」

「はい。私ももう絶対に離れません」

「じゃあ、今夜は頑張っちゃおうかな」

彼の言葉に分かりやすいくらい体が跳ねた。すると、彼は私の顔を覗きこんで「可愛い。期待しているの？」と笑う。

だって、今日は特別な夜だもの。宗雅さんには何度も抱かれているけれど、やっぱり緊張するのは仕方がないと思うの。でも……

トクントクンと鼓動を刻む胸を押さえながら、肩越しに振り返る。

「宗雅さん、大丈夫ですか？　疲れていませんか？」

「ん？　大丈夫だよ。疲れすぎて使いものにならないってことは絶対ないから」

「そ、そういうわけでは……。疲れているなら明日でも……あ、いえ、その……ごめんなさい」

私達は愛し合って結婚したけれど、同時に政略結婚でもある。たちばな銀行と片岡グループの結びつきが強固なものとなったことを示すために、今日の結婚式や披露宴には多くの企業の重鎮が招かれていた。その方々すべてに副社長として対応しなければならない宗雅さんの疲れは私の比ではなかったはずだ。それにお酒もたくさん呑まされていたし。

「こ、今夜は、特別な夜だからたくさん愛してもらいたい気持ちはもちろんあるんですが、宗雅さんは立場上どんな時でも仕事を切り離せないので……ゆっくり休ませてあげたいという気持ちもあって……」

ごにょごにょと言い訳をしていると、彼は優しく微笑んで私の髪を梳《す》くように撫でてくれる。

「ありがとう。まあ疲れていないと言えば嘘になるかな。皆への挨拶《あいさつ》もさることながら、長丁場だったしね。でも、それはしずくもでしょう。僕と一緒に、ずっと笑顔を絶やさずに挨拶《あいさつ》をしてくれた君をとても誇らしく思っていたよ。でも同時に、ようやく君を独り占めできると思うとすごく嬉しかった。ねぇ、どうする？　今日はもう休みたい？　しずくが疲れているなら……」

「いいえ、体の疲れよりも宗雅さんのものになれたのが嬉しくて、今フワフワしているんです。宗雅さんが大丈夫でしたら……今夜は特別な夜ですし、私……」

「うん、僕も。僕もしずくと一つになりたい」

彼はそう言って私を抱き上げ、ゆっくりとベッドに下ろし、ぎゅっと抱き締めてくれる。体に感じる彼の体温と重みが心地いい。

今から私、宗雅さんと……

私は小さく息をついた。

「可愛いね、しずく。緊張しているの？」

「はい、少し。いつもとは違う特別な夜なんだなと思うと……」

顔を上げて私の顔を見つめる宗雅さんに、小さく頷く。

彼はくらくらするような色香を放ち、秋波を送ってくる。急速に体温と心拍数が上がって、私は視線を逸らした。とても見ていられなかったのだ。

私、どうしちゃったの？　彼に抱かれるのは初めてじゃないのに……

「しずく、こっちを向いてよ。目を逸らされると寂しい」

「ごめんなさい。なんだか恥ずかしくなってしまって……んぅ、っ」

慌てて彼に視線を戻すと、彼は私の唇を一舐めし、そのまま唇を割って舌先を入れてきた。ぬるりと絡めた舌を吸われると、先ほどまであった恥ずかしさが薄れていくから不思議だ。でも変わらず鼓動がけたたましく響いている。

「ふっ、んぁっ……んんっ」

ん……？

ぎゅっとしがみつくと、宗雅さんが片手でなにかを探っている。

なにかしら？　と音のほうを見ると、ベッド横の棚からなにかの紐を取り出しているところだった。

「宗雅さん？　それはなんですか？」

「これ？　お色直しで使った着物の腰紐」

「腰紐？　どうしてそんなものを持ってきているんですか？」

私はキョトンと首を傾げる。

披露宴が終わったあと、控え室で着物を脱がせてもらったはずなのに、どうしてここに腰紐があるの？

「スタイリストさん、腰紐が一本足りなくなって、今頃慌てていたりしませんか？」

「えー、大丈夫だよ。衣装は全部しずくのものなんだし、腰紐の一本くらい誰も困らないよ」

そうかもしれないけれど、管理している方がいるのだから、せめてその方には了承を取らないと困ると思う。

ジロリと宗雅さんを見ると、彼は悪びれない顔で「だって使えるかなと思ったんだ」と笑う。

「使える？」

なにに？　と思った瞬間、宗雅さんは私の両手首に腰紐をふわっとかけた。その途端、彼の言わんとすることが分かって、顔にボッと火がつく。

「本当はウェディングドレスを持ってきて、それを着たしずくと初夜をしたかったんだけど、部屋に上げといてってお願いしたところを母さんに聞かれて、叱られたんだよね……。だから、腰紐で我慢したんだ。ねぇ、そろそろ大丈夫かな？　どう？　怖くない？」

私の両手首にゆるく巻きつけながら、とても残念そうに言う宗雅さんに、私はいけないとは思いつつも笑ってしまった。

「笑いごとじゃないよ。それより、そんなふうに笑えるってことは怖くないってことだよね？」

「は、はい……大丈夫です。少しドキドキしますが、怖くはありません。というより、縛っていただけて嬉しいです。ねぇ、宗雅さん。私は貴方のものなんですから、もっと縛ってください」

彼は私の言葉に安堵の息をついた。実際のところ、取ろうと思えば簡単に取れるくらい、ゆるやかに巻きつけられているだけだから怖くなんてない。

「私は貴方のものだから、もっとちゃんと縛りつけてもいいんですよ？　どこにも行けないように、もっときつく縛ってください」

「しずく、もしかして煽《あお》ってる？　ありがとう、すごく嬉しいよ。でも、今日はこれくらいにしておこうかな。もしいやだったり違和感があったりしたら、すぐに教えてね」

「はい」

私が頷くといい子だねと、またキスが降ってくる。腰紐が巻きつけられた両手を私の頭の上で拘束するようにベッドに押しつけ、ぬるりと入りこんできた彼の舌で口の中がいっぱいになった。

「んっ、んぅ……むね、まさ……さっ」

上顎をぐるりと舐めて、舌のつけ根から搦めとるように巻きつけて吸い上げられる。甘い声も呼吸も、すべてを奪われ貪られるキスで、体に熱が灯った。

嬉しい。宗雅さん、嬉しい。

ゆっくりとお互いの唇が離れると、ぎゅっと抱き締めてくれる。彼の腕の温かさに涙がこぼれた。

幸せの涙だ。慣れ親しんだ彼の腕の中に閉じこめられると、とても落ち着く。私が彼の胸にすり寄ると、優しい手が私の涙を拭って頭を撫でてくれた。

「しずく。大丈夫？　やっぱり外す？」

「ち、違うんです。とても幸せで……」

「うん、僕も幸せだよ。でも、これからもっと幸せにするから。もう絶対に離さない」

「わ、わたしっ、んんぅっ⁉」

私もと返事をしたかったのに、彼が突然私の胸元を開けて、膨らみを口に含んだから返事ができなかった。彼が舌で乳暈《にゅううん》を円くなぞり、もう片方の胸の先端を指で捏《こ》ね、時折摘《つま》み上げると、下腹部がズクリと疼《うず》く。

彼は私の胸を愛撫しながら、お風呂のあとに着たバスローブの前をはだけさせる。

「下着つけなくて良かったのに」

「でも、なにも穿《は》かないのは恥ずかしくて……」

クスッと笑って、もじもじしている私のショーツをするっと脱がしてしまう。体を隠すものがなに一つなくなって、彼の前ですべてが露わになる。

「綺麗。本当に綺麗だよ、しずく。この世に舞い降りてきた女神様みたい」

「～～～っ」

そんな恥ずかしいことをうっとりとした表情で言わないで！

私はあまりの恥ずかしさに、腰紐を巻きつけられている両手で自分の顔を覆《おお》った。でも恥ずかしがっている私とは対照的に彼はとても嬉しそうだ。

手をずらして彼を見ると、彼は両手で私の脚を広げているところだった。

「さぁ、女神様のここはどんな感じかな？　隠さずに全部見せて」

「っ、む、宗雅さん。もしかして酔っているんですか？　恥ずかしいから、やめてください」

「ん？　少しは酔っているけど、別に酔った勢いで言ってるわけじゃないよ。本当にしずくが綺麗だからだよ」

「でも、やっぱり恥ずかしいです」

彼は私を楽しそうに見つめたあと、お尻をゆっくりと撫でながら脚の間に体を沈める。そして次の瞬間には温かい舌の感触が花弁を割り広げた。

恥ずかしい……

そういえば、灯りがついたままだった。そんな中で、脚を大きく開いて彼の眼前にさらしているのだ。本当の意味での『初めての夜』ではないとはいえ、やっぱり恥ずかしいことには変わりない。私は恥ずかしさを押し殺すように、巻きつけられている腰紐の端を噛んだ。宗雅さんは舌で巧みに花弁を開き、ひっそりと息づく花芽を探りあてて吸いつく。

「んんぅ！」

痺《しび》れるような快感が体を走る。腰紐を噛んでいるので大きな声が出なかったけれど、舌で包みこむように吸われると、声を我慢できそうにない。彼は私の反応を見て「可愛い」と一言漏らし、愛液を滴《したた》らせる蜜口に舌先を差しこんできた。それだけでなく、手を伸ばして胸の先端をキュッと摘《つま》み上げた。

「あっ！　やぁっ、だめぇっ」

思わず、噛んでいた腰紐が口から離れてしまう。クチュクチュという淫らな水音と自分の声が部屋に響いて、それがさらに羞恥心を煽《あお》る。

身を捩《よじ》ろうとしても許してなんてもらえなくて、彼は口を大きく動かしてあふれる蜜を啜《すす》った。そして、また花芽に吸いつく。

「ひぅっ」

胸も花芽も弱いところをすべて愛撫されて、腰が浮いた。それが彼の舌に押しつける行為だと気がつかずに……

潤《うる》んだ瞳で彼を見ると、視線が絡み合う。すると、彼は意地悪っぽく笑った。

「腰を僕に押しつけてきて、どうしたの？　もっと強い刺激が欲しい？」

「っ！　違っ」

「違わないよね？　ほら、もっとしてって言わないと。いつも教えているよね？」

私がなにも言えないでいると、彼は上体を起こして胸を触っていた指先で花弁をなぞった。

「はぅ……っぁ」

ゆっくりと蜜口に指を一本差しこんで、とろけた内壁を軽く擦り上げられる。その手は意地悪な表情とは違い、とても優しくて、私は甘い息をついた。

ああ、気持ちいい……

指を抜き差しされるたびに中が悦《よろこ》び、彼と一つになることを心待ちにして、さらに愛液をあふれさせる。

「ふぁ、あっ……あんっ、もぉ、宗雅さんっ、が……ほしいのっ」

貴方と一つになりたい。

快感に喘ぎながら絞り出すと、彼はゴクリと喉を鳴らす。そして、ゆっくりと指を引き抜いた。

「もっとゆっくり愛撫したかったんだけど、そんなふうに煽《あお》られると僕だって我慢ができなくなっちゃうよ」

「我慢しないで……」

「もう。しずくが僕を求めてくれるのは嬉しいんだけど、ちょっと困っちゃうな。今日はゆっくりしようと思ったのに」

宗雅さんは少し困ったように笑って、私の額《ひたい》にキスをしてくれる。でも、私を捉える目は飢えた獣のような欲望を孕《はら》んでいた。そして私の手に巻きつけていた腰紐とほとんど脱げかけていたバスローブを取り払ったあと、宗雅さんも手早くバスローブを脱ぎ落とす。

露わになる彼の逞《たくま》しい胸に目を奪われる。

かっこいい。何度見ても惚れ惚れしちゃう。

「しずく、おいで」

宗雅さんが不敵な笑みを浮かべてヘッドボードに凭《もた》れかかり、手を差し出した。その手を取ると、彼は私の腰を掴み跨《また》がらせた。彼と向かい合う形になり、露出したお互いの性器がわずかに触れ合う。

やだ、これ恥ずかしい。

たまにこういう体勢をするけれど、彼の上に自分から乗っているようで、少し慣れない。

「宗雅さん。私、ほかの体勢のほうが……」

「しずくが僕と一つになりたいって言ったんだから、今日は君から挿れてみてよ」

「え……？」

自分から挿れる？　どうやって？

今までそんなことを言われたことがなかったから、私は彼の言葉に瞳を揺らした。

「む、宗雅さん、私……」

「ああ、ごめんね。分からないよね。僕の言う通りにすれば大丈夫だから」

「はい……」

「支えていてあげるから、ゆっくり腰を落としてみて」

困ったように彼を見つめると、硬い屹立《きつりつ》に手を添えて促してくれる。私は息を呑んでゆっくりと腰を落とした。でも、張り詰めた彼の屹立《きつりつ》がぬるぬると滑り、蜜口を撫で上げただけでうまく挿れられない。

「やっ、んぅ……宗雅さんっ……入らなっ」

「可愛いね、しずく。ほら、もう少し頑張ってみようか」

「は、はい、っぁ」

濡れすぎているせいなのか、位置は間違えていないはずなのに腰を落としてもぬるぬると滑ってうまくできない。すると、彼はそんな私をしばらく楽しそうに見つめたあと、屹立《きつりつ》に添えていた手を少し動かして蜜口に導いてくれた。

「そのまま腰を落としたら、入ると思うよ。でも痛くないようにしずくのペースでゆっくりとするんだよ」

「は、はい……」

彼の肩に手を置いて、深呼吸する。ゆっくりと腰を落とすと、ずずずっと中に彼が入ってくる。彼の熱い昂《たかぶ》りが内壁を目いっぱい広げていくのが分かって、私は甘い息を吐きながらぎゅっとしがみついた。

「ああっ、ふぁっ……ん、んんぅ」

「可愛い。ちゃんと挿れられたね。いい子」

「はぁ、はぁっ、んぅ、は、はい」

良かった、ちゃんと入ったわ。

上手に挿れられたと褒めてもらえた。でも、自分が上に乗っているせいか自重が加わって、いつもとは違い、奥までしっかりと入っているのが分かって、なんだか恥ずかしい。

「しずくの中、とても気持ちいいよ。じゃあ、次は動いてみようか？」

う、動く？

今でも充分恥ずかしいのに、さらに自分で動くだなんて……。そんなこと、できない。

彼の肩に顔をうずめて小さく首を横に振る。すると、彼が私の背中をさすりながら「しずく、僕のお願いを聞いてくれないの？」と寂しそうな声で言った。

「っ！」

そんな言い方、ズルい。

そんなふうに言われたら、いやだって言えないのに。

顔を上げて、困ったように彼を見ると、熱い眼差しに射貫かれて、体温が上がる。私が視線を逸らすと、耳元で笑う声がした。

「しずく、可愛い。恥ずかしいの？」

「はい……だから、宗雅さんが……宗雅さんがしてください」

「恥ずかしいなら、見なきゃいいと思うよ」

「え……？」

どういう意味？　と思った瞬間、先ほど手首から外された腰紐が、私の目を覆《おお》うように当てられた。

「宗雅さん？」

突然視界を塞がれ、紐を結ぶ音が聞こえて、慌てて彼の名前を呼ぶ。

どうして？　どうして、目隠しをするの？

今までこんなことをされたことはない。それなのに、彼は「大丈夫、怖くないよ」と楽しそうに私の視界を奪う。

「む、宗雅さん、これいやです。外して……」

「ダメだよ。これから、しずくは自分の気持ちいいところに当たるように腰を振るんだよ。見えちゃうと恥ずかしくて、しずくはできないと思うな……。それとも、しずくは僕のが出たり入ったりしているところを見たいの？」

「そ、それは……」

「ね、恥ずかしいでしょう？　それに見えないほうが、ほかの感覚が鋭敏になる。目隠しはいいことだらけなんだよ」

私を思いやるような優しい声音でこんなことを言うなんて。でも上手にできたら、きっと彼は喜んでくれるはずだ。

大丈夫、大丈夫よ。これは縛るのと同じ。宗雅さんが喜んでくれるなら、私……頑張りたい。そう思った私は、彼の言葉に頷いた。

「わ、私……目隠しも自分で動くのも、頑張ります……」

「いい子だね。嬉しいなぁ」

宗雅さんの嬉しいという言葉が聞けて、私も嬉しい。愛する宗雅さんに喜んでほしいから頑張ろう。

覚悟してぎゅっと抱きつくと、宗雅さんが私の背中をさすりながら「じゃあ、僕の言う通りに動いてみて」と囁いた。

「は、はい……」

「腰を上下に振るのはまだ難しいと思うから、前後にグラインドしてみて。しずくのペースでいいから、ゆっくり焦らずにね」

前後に……？

　よく分からないままに、彼の指示通りに小刻みに腰を前後に揺すってみた。すると、宗雅さんが私の両手に指を絡めてぎゅっと握ってくれる。

「んっ、んんぅ、こ、こんな……感じ、ですか？」

「そうだね、気持ちいいよ。でも、腰を少しだけ浮かしたほうがスムーズに動かせるかもね。どう？　できそう？」

「は、はい……」

　彼の言葉に頷き、合わせている両手に少し体重をかけ支えてもらいながら、腰を浮かせて前後に動かしてみた。でも、いいところをたまにかすめるものの、上手にできない。

「ふぁ、あっ……えっと……こ、こう？」

「難しい？　じゃあ、僕の胸に手をついてみて」

「……はい」

　こんなんじゃ、宗雅さんは気持ち良くないわよね。

　目隠しをされているから表情は見えないけれど、きっとつまらないに違いない。どうしてうまくできないんだろうと、彼の胸に手をついたまま唇を噛んで俯《うつむ》いた。

「宗雅さん……ごめんなさい。私……」

　謝ろうとしたのと同時に、がしっと腰を掴まれて体が反転する。突然体勢が変わって、背中にシーツが触れていることに目を瞬《しばた》く。

「え……？」

今、なにが起きたのか分からなかった。

混乱していると、彼は私の目隠しを外して瞼《まぶた》にキスをくれる。突然見えるようになった視界は眩しくて、思わず目を閉じた。

「しずく、ありがとう。気持ち良かったよ」

「あ、ああっ、やっ……う、うそ……っんんぅ！」

気持ちいいなんて嘘と言おうとした瞬間、宗雅さんが反論は許さないとばかりに腰を掴んでズンッと突き上げた。先ほど、自分がしていたのとは全然違う強く甘い刺激に目の前に火花が散る。

「あぁぁあっ！」

「僕がしずくに嘘をつくわけないでしょう。心外だなぁ。しずくが恥ずかしそうに僕の上で腰を振ってる。それだけで、めちゃくちゃ興奮したよ」

「ひゃっ、あっ、だっ、だって……ああっ！」

「だって、じゃないよ。しずく、何事もゆっくりでいいんだよ。焦らないで」

彼の言葉に返事がしたいのに、させてもらえない。彼に揺さぶられて、私は甘い声しか出せなかった。

でも、焦らなくていいと言ってくれる彼の優しい表情と声音に胸がじんわりと温かくなる。とても愛おしい。今日から私のすべては完全にこの人のものなんだと思うと、多幸感が私を包んだ。

ぎゅっと抱きつくと、彼は私の胸を揉んで先端を口に含んだ。ちゅぱっと音を立てて甘えるように吸ったと思ったら、次は甘噛みされてお腹の奥がズクリと疼《うず》く。

「ああ、そんなに締められると我慢できなくなっちゃうよ」

「ご、ごめんなさっ……でも、むねまさ、さんがっ……ぁあっ」

「謝らなくていいよ。もっと気持ち良くなろうね」

彼はそう言いながらも、さっきからずっと止まってくれない。中を強く擦り上げられて息が上がる。締めつけるとか締めつけないとか、自分ではよく分からないままに、彼にしがみついて熱い息を吐く。

「ふぁ、あっ……ああっ！」

「いい子だね。しずくの中、ヒクヒクとうごめいていて、とても気持ちいいよ」

彼はニヤリと笑って、胸の先端を摘《つま》んで弄《いじ》ってきた。中を擦り上げられながら胸を触られると、目の前がチカチカするのに彼は体を起こしグッと奥を穿《うが》つ。

「ひゃああっ！」

急に奥、ダメ……

彼の腕をぎゅっと掴む。

「そろそろ、遠慮はいらないかな」

その言葉と共に私の片脚を肩にかけながら、腰を大きくグラインドさせて奥を抉《えぐ》る。

「あっ、ああっ！　やっ、待っ」

「すごい。しずくの中、奥までとろとろ」

大きく目を見開いて悲鳴に近い声を上げている私の体を、彼は思いのままに貫く。

ぎっちりと彼を呑みこんだ私の中は愛液をしとどにあふれさせ、嬉しそうに啼き続けた。

ああ、深い、中いっぱい。

宗雅さんを奥深く受け入れることができるのが嬉しい。

内壁を強く擦り上げるようにずるりと引き抜かれ、また奥まで穿《うが》たれると心も体も満たされて、めくるめく悦《よろこ》びに呑みこまれていく。

「あっ、ああっ……もぅ、もうダメっ」

「しずく、イキそう？　なら、ちゃんと言わないとダメだよ。僕に奥深くまでかき混ぜられてイキそうだって、ちゃんと言葉にして教えて？」

「ひぅっ、あっ……イッ、イキそうです……む、むねまさ、さんにっ、中を……あっ、やだ、もう無理、やあ――っ‼」

気持ち良すぎて思考が真っ白に染まる。

彼はぐったりした私の花芽を親指でぬるぬると撫でながら、私のお腹に手を当てた。

「ひっ、ああっ、やだぁ……」

「しずく。僕、そろそろ赤ちゃん欲しいな。ねぇ、いい？」

「っ!?」

赤ちゃん？　嬉しい。宗雅さんとの赤ちゃん、私も、私も来てほしい！

彼の言葉に涙が滲《にじ》む。コクコクと頷くと、腰を強く打ちつけられて体が弓なりにしなった。

「ああっ！」

「しずく、愛してるよ。いっぱい注いであげるからね」

花芽を捏《こ》ね回しながら深く貫かれて、体が跳ねる。とても返事なんてできなくて、はくはくと息をした。

「はぅ、あっ……ああっ、ひゃっ、奥、ふかいのっ」

「そうだね。でももっと僕を奥まで招きいれてよ」

チュッとキスが降ってきて、抱き締めてくれる。

「あっ、ああっ……宗雅さんっ、愛してますっ」

「僕も愛してるよ。もう絶対に君を離さない。しずくがずっと笑っていられるように僕頑張るから、一緒に幸せになろうね」

「はっ、はい……はい」

彼の言葉に涙があふれて何度も頷く。

いつもの幸せにするという言葉も嬉しいけれど、「一緒に幸せになろうね」と言ってくれたことが、すごく嬉しい。これからの日々を二人で紡いでいくからこそ、その言葉に大きな幸福を感じた。

一緒にいる時間が、片想いをしていた年月をいつか超えるんだと思うと、幸せでいっぱいになる。

ずっとずっと私は貴方を、貴方だけを愛しています。生涯かけて貴方だけを……

隙間なく重なりあってキスをして、快楽以上の幸せな感情が私を包む。そのまま目を閉じて、彼がくれる温かなものに浸ると、抽送が激しくなっていった。彼の熱い昂《たかぶ》りがとろとろにほぐれた内壁をかき分け、最奥を突き上げる。

「ひあぁっ、あっ……また、きちゃう……ああっ」

私は宗雅さんの背中に抱き縋《すが》り、高く甘い声を上げ続けた。腰を掴んで奥深く穿《うが》たれると、思考がとろけて真っ白に染まっていく。私はつま先をきゅっと丸め、背中を仰け反らせた。

「ああ――っ！」

法悦の波に呑まれてぐったりと弛緩した体を力強く抱き締め、彼が低く唸《うな》る。その瞬間、彼から熱いものが迸《ほとばし》った。体の内側から彼に染まっていく悦《よろこ》びに、私はお腹をそっと押さえた。

「赤ちゃん……来てくれるかしら？」

ぽつりともらすと、彼は「きっと来てくれるよ」と言って優しいキスをくれる。自然と笑い合って、ぎゅっと抱きつく。

「しずく、今日は疲れたでしょう？　明日は寝坊をして、のんびり過ごそう」

「はい」

指を絡め合って手を握り、彼の胸に顔をうずめる。

貴方のぬくもりに包まれて明日を迎えられる。なんて幸せなの。

宗雅さん、ずっと一緒にいましょうね。神様の前で誓ったように、どんな時も一緒に……

そんなことを考えながら彼の腕の中で目を瞑《つぶ》ると、意識が微睡《まどろみ》の中に落ちていった。

書き下ろし番外編

空白の理由《わけ》

朝、バルコニーから差し込む陽の光で目を覚ますと、僕の腕の中でしずくが気持ちよさそうに眠っていた。すやすやと規則正しい寝息を立てる可愛い姿を目に留めて、起こさないように彼女の髪にそっと触れる。

再会した時には短かった彼女の髪も今では出会った頃と同じくらいの長さになっている。

そういえば……しずくと出会ったのも今日みたいに陽射しが夏めいてきた頃合いだったな。

懐かしさに相好を崩し眠っているしずくの頬にキスを落とす。そっとベッドから抜け出し、バルコニーに続く掃き出し窓を開けると爽やかな風が室内に入ってきた。

しずくの第一印象は、慎ましやかな……いかにも良家のお嬢様という感じだった。最初はそれだけしかなかったのに、彼女が弓を握った瞬間——いとも簡単にそれが塗り替えられたのだ。

心地よい風の音と共に、懐かしいさざめきが蘇る。

そう。あれは、僕を見て頬を桃色に染めていた彼女を少し揶揄《からか》ってやろうと思い声をかけたのが始まりだ。

◆　◇　◆

「こら、よそ見しない。ダメだよ、できるからって練習しないのは」

中等部の一年生を歓迎し弓道を教えるという名目で毎年初夏に行われる――高等部と中等部の合同練習試合の日、そわそわとこちらを見ている子が目に留まる。そういった視線を受けるのは慣れているが、いまだ何ものにも染まっていない純白の布のような雰囲気にひどく興味が惹かれた。この無垢なお嬢様にいけないことを教えたらどうなるかと、好奇心がくすぐられたのだ。

「ち、違、違うんです。これは……えっと……」

声をかけてみると、彼女の頬が先ほどよりも赤く染まる。かと思えば、すぐに青くなってとても申し訳なさそうな表情で弁解の言葉を探す。そのさまが、とても可愛らしかった。

この子いいなぁ。弓道部の子に手を出すつもりはなかったんだけど、この子とはちょっと遊んでみたいかも。

「ふふっ、冗談だよ。ほら、見てあげるから構えてみて」

「はい」

清廉な笑みの下に汚い心の内を隠してそう指示すると、彼女が右手を弦にかけ左手を整えてから的を見た。その途端、彼女を取り巻く空気が一変する。

「……っ！」

彼女の周りにだけ静謐《せいひつ》な空気が流れ、初心《うぶ》な少女の雰囲気が掻き消える。

そのあまりの変わりように僕はごくりと喉を鳴らした。

とても五歳も年下とは思えない大人びた表情。弓を射るタイミングが熟すまで心身を一つにして待つ姿。そのすべてに一瞬で瞳と心を奪われた。

あ……！

その刹那、彼女が矢を放つ。だが、残念なことにそこで集中力が切れてしまったようで彼女の体がわずかにぐらついた。そのギャップがさらに心をくすぐり、体中の血液が沸騰するような感覚に襲われる。

欲しい。遊び相手としてではなく彼女が欲しい。

そう心に欲望が芽生えたとき、彼女が「ありがとうございました」とこちらに体を向け、ぺこりと頭を下げた。

「君、名前は？」

「立花しずくです」

ハッと我に返り、上擦りそうになる声を必死に抑え名前を尋ねると、彼女が嬉しそうに弾《はず》ませた声で教えてくれる。

ああもう。やばいな、可愛すぎる。

だが、まだ早い。好意は持ってくれているようだけど、この時期の五歳差は大きい。中等部に上がったばかりの彼女からすれば、高三の僕なんて大人とそう変わらないだろう。慎重にいかないと怖がらせてしまう。

僕はしばらくは優しい先輩でいようと決めて、立花さんに微笑みかけた。

「立花さんは弓を握った瞬間に雰囲気が変わるね。特に、弓構えから打起しの時に表情が一気に変わる。そこから狙いを定めて射るまでは緊張感が保てているんだけど、矢を射たあとが少し乱れちゃうね。そこは残念かな」

「ご、ごめんなさい」

「まだまだ始めたばかりなんだから謝らないで。今でもすごいんだし、頑張り次第ではこれからめちゃくちゃ伸びるよ。頑張ってね」

僕はこのあと行われる中等部と高等部の一年生で競う練習試合について説明し気を張らずにとだけ伝えて、高等部の副部長と中等部の部長がいるところへ戻った。すると、高等部の副部長である桐生《きりゅう》くんが声をかけてくる。

「めちゃくちゃ見入ってましたね」

「そうだね。あの子、とてもいいよ。これからすごく伸びるんじゃないかな」

「へぇ、貴方が褒めるなんて珍しいですね。このあとの練習試合が楽しみだ」

「何それ。僕はいつでも皆のことを褒めてるけど」

「そうですね、うわべだけは」

失礼な桐生くんを無視して、立花さんに視線を向ける。各々練習が終わり、皆と協力して試合の準備をしているところだった。

一生懸命で真面目なところもいいな。きっと彼女が中三になる頃には、有力選手になっているはずだし、次の中等部の部長として育ててもいいかな。

でも内気そうにも見えるから、部長のような役目は負担だろうか。

立花さんを見ながら今後の弓道部について考えていると、桐生くんが僕の横腹を肘で突いてくる。

「いたいけな後輩を惑わすのはやめてくださいよ」

「そんなんじゃないよ」

困り顔の彼に苦笑する。

彼とは中等部からずっと一緒にいるので、僕が女性にだらしないのも知られている。

立花さんにも同じように粉をかけると思われたのだろう。

「気に入ったけど、君が心配しているようなことはしないよ。彼女が高等部に上がるのを待つ分別くらいはある」

「なら、いいですけど」

訝《いぶか》しげな表情を向けてくる桐生くんに小さく息を吐く。

まあ桐生くんの言いたいことも分かるよ。僕、女性に関しては信用ないもんね。だからこそ、今遊んでいる子たちとはもう終わりにしよう。身辺を綺麗にして、よき先輩として彼女を見守るのも悪くないしね。

ふふっと笑うと、桐生くんが「片岡先輩には誠実でいてほしいです」と呟いた。その言葉を聞いて、僕が桐生くんの顔を見ると彼がとても申し訳なさそうに頭を下げる。

「すみません……でも俺、女性と遊んでいる先輩は嫌いです。貴方は素晴らしい人なのに……わざわざ自ら価値を下げていて、とても残念です。もし立花さんとお付き合いすることで先輩が変われるなら、俺応援するし協力もしますから」

「謝らないでよ。君が言う通り、僕は愚か者だよ」

自嘲気味にそう言うと桐生くんが目を丸くする。まさか認めるとは思っていなかったのだろう。

僕は苦々しく笑いながら、始まった練習試合に視線を向けた。

「……いずれ父の跡を継いで政略結婚しなきゃいけないのに、真面目に恋愛する意味が分からなかった。父と争うのも面倒だし何より女性とちゃんと向き合って傷つくのが嫌だったから……。愚かな臆病者なんだよ、僕は」

「先輩……」

「……でもそんなの無駄な努力だった。立花さんに出会って、一瞬で夢中になっちゃったよ。彼女を手に入れるためなら父と戦ってもいいとすら思える。変だよね？」

「別に。恋は理屈ではなくて落ちるものでしょう？　だから変じゃないです。俺は一人の女性に夢中になっている先輩のほうが好きです」

「ふふっ、ありがとう」

「それに立花さんはたちばな銀行のお嬢様らしいので、おそらく反対されないと思います。というより、あそこの会長は偏屈で怖いと有名なので、片岡先輩のお父上より立花会長に認めさせるほうが大変かもしれません」

桐生くんの言葉に瞠目《どうもく》する。

たちばな銀行って、あのたちばな銀行だよね？

全国的に営業基盤を持つ大手銀行との縁組みなら申し分ない。むしろ願ったり叶ったりだろう。

それよりも桐生くんが言うとおり、たちばな銀行にとってうちが必要とされるか……

のほうが問題かも。でもそれは今後たちばな銀行との取引実績を重ねていき、うちが逃したくない大口顧客になればいけるよね？

　立花さんと添い遂げる道を見つけてほくそ笑んでいると、桐生くんがまた横腹を肘で突いてくる。

「片岡先輩ってとてもモテるから考えが及ばないかもしれませんけど、立花さんが先輩を好きになってくれる保証なんてどこにもありませんからね。家とか結婚云々より、まずは好かれる努力をしては？」

「立花さんはもう僕のことが好きだよ」

「……自惚れが過ぎると、大切なことを見落としますよ」

　そうかな？

　だが、僕はこの桐生くんの忠告を身を以《もっ》て痛感することになる。

◆　◇　◆

「え？　立花さんが部活に来ていない？」

「というより、ずっと休んでいて学校にも来ていません。心配してるんですけど、先生たちは何も教えてくれなくて……」

夏休み明け、中等部の部室へ顔を出すと、中等部の部長が困り果てた顔でそう言った。

どうしたんだろう。学校をサボるような子ではないはずなのに……。

まさか病気とか？　いやいや、そんなわけない。最後に見た彼女は元気だったじゃないか。きっと風邪を拗《こじ》らせただけに決まってる。だからすぐにでもまた学校で会えるよ。

でももし……このまま来なかったら？

ふと湧き出た不安にかぶりを振る。

だが結局立花さんは学校に来なかった。

その原因を、僕が知ることができたのは高等部の卒業式の日。その時にようやく彼女が怪我をして入院しているのだと知った。それを知り、目の前が真っ暗になる。

彼女は僕に好意を持ってくれているから、少しずつ距離を縮めていけばいい。そんな悠長なことを考えていたせいで、彼女が怪我をしたことすらすぐに知ることが叶わなかった。

こんなことなら、あの時に連絡先を交換しておけば良かった……。

後悔に苛《さいな》まれながらもすぐに見舞いを申し込んだが、彼女の友人ですらない僕はすげなく断られてしまった。だが諦めるなんてできなかった。

何度も何度もしつこく面会を申し込むと、ようやく折れてくれたのか、僕は港区にある病院の特別室へと招かれた。やっと会える。そう思ったのに、そこには立花さんではなく、彼女の祖父である立花フィナンシャルグループ取締役会長――立花明信氏がいた。

　立派な髭《ひげ》を貯えたいかめしい表情で、僕を出迎える彼の怖い顔にごくりと息を呑む。雰囲気や表情からして、あまり歓迎されていないのがありありと分かった。

「君か。しずくのことを嗅ぎ回っているのは……」

「僕はただしずくさんが学校に来ないのが心配なだけで……嗅ぎ回るなんてとんでもないです」

挨拶《あいさつ》を終えた途端そう言われ、慌てて首を横に振る。

立花会長は厳しい表情を崩さないまま、僕をじっと見据えた。

好きな人の祖父ということもあってか嫌われたくない思いから、この人がとても大きく恐ろしく見える。

「しずくが好きか？」

「……」

今彼に立花さんへの恋慕の情を知られるのが良いことか分からなかった。ただの可愛い後輩――そう誤魔化すこともできたが、彼に小手先の嘘は通用しないだろう。そう思った僕は潔く認めることにした。

「はい。立花さんが高等部に進学したら交際を申し込みたいと考えております。許していただけますか？」

「ダメだ、早い。しずくが就職するまでは我慢しなさい」

「え……」

予想もしなかった言葉に素で返してしまう。僕がキョトンとしたまま固まっていると、立花会長が一枚の紙を僕の前に差し出した。

「片岡グループは我が銀行にとっても悪くない相手ではあるが、残念ながら現段階でうちはメインバンクではない。しずくが欲しいのであれば条件が多々あるが、君は私の要望に応えられるか？」

条件？

立花会長が望むことが書かれた紙に目を通す。

そこには立花さんが大学を卒業するまでにたちばな銀行をメインバンクに据えろと書かれていた。そのほかにも彼女の婿に望む条件が色々と書かれている。

「君がしずくを任せるに相応《ふさわ》しい男になり、我がたちばな銀行と片岡グループの縁が今以上に強固となったとき、こちらから縁談を申し込もう」

「本当ですか!?」

「但し、それまでしずくに近づくな。それが条件だ」

「え？　ただの先輩として側にいてもいけないのですか？」

「君はまだ未熟だ。今の君ではしずくのすべてを受け入れることはできない」

まったく信用されていないことに泣きそうになったが、未熟と言われれば返す言葉が見つからなかった。

「片岡宗雅。君が本当にしずくを想っているなら、今以上の器の大きさと強さを身につけねばならん。どんなことにも動じず、しずくのすべてを受け止められる愛の深さを私に示せ」

項垂《うなだ》れている僕に立花会長が手を差し出した。その手をしっかりと取る。

立花さんに会えないのはつらいが、ほかに術はない。何としてでも立花会長に認めてもらえる男になる。そしてどんなことがあっても揺るがない彼女への愛を彼に示したい。

僕は彼女との未来に縋《すが》り、立花会長と密約を交わした。

◆　◇　◆

その後、しずくが退院したと知った時にはせめて退院のお祝いくらいは言いたかったが、本格的に忙しくなっていたことや近づくなと言われていたこともあり、中々機会が作れなかった。会いたかったけど、今は確実にしずくを手に入れられるように立花会長との約束を果たすことに尽力したほうがいいと考えて、ひたすら邁進《まいしん》したのだ。

彼女に相応《ふさわ》しい男になるために――

でも後悔はずっとつきまとっていた。しずくは怪我をしてつらい思いをしていたのに、あの時の僕は立花会長の機嫌を損ねることが何より怖くて、忙しさを言い訳にして彼女を気遣ってあげられなかった。でもずっと陰ながら見守っていたから、しずくの高校生活や大学生活についてはよく知っている。前向きに頑張っていたことも分かっている。

でも立花会長が亡くなられた時はちょっと焦ったかな。何せ二人だけの約束だったし、このままご破算にならないかって……ちょっと、いやかなり不安だった。

まあそうなったとしても順調に関係を深めていけば、いずれ縁談が持ち上がる自信はあったけどね。

「宗雅さん、体冷えますよ」

過去のことを思い出して物思いに耽《ふけ》っていると、しずくがバルコニーに顔を出した。そして上着を羽織らせてくれる。

「おはよう、しずく」

「おはようございます。温かいコーヒーを淹《い》れますからリビングに行きましょう」

僕の手を引く彼女を引き寄せて、キスをする。しずくは一瞬驚いたようだが、すぐに僕の背中に手を回してキスを受けてくれた。

過去の後悔があるからこそ、今度こそ何があっても守りたい。もう二度と誰にも傷つけさせたりはしない。

「しずく、愛してるよ」

「私も愛してます」

未来を誓うように、しばらくその場でキスに没頭した。

BUNKO Eternity エタニティ

最高の契約結婚！

今日から貴方の妻になります
～俺様御曹司と契約からはじめる溺愛婚～

冬《とう》野《の》まゆ

装丁イラスト／つきのおまめ

文庫本／定価：770円（10％税込）

幼い頃に両親を亡くし、従姉と伯母から目の敵にされて育った乃々香《ののか》。就職を機に自立していたが、ある日伯母から、悪名高い成金息子との縁談が決まったと告げられる。戸惑う乃々香に、従姉の婚約者であるはずのイケメン御曹司・享介《きょうすけ》がなぜか契約結婚を持ちかけてきて⁉

詳しくは公式サイトにてご確認ください。
https://eternity.alphapolis.co.jp/

BUNKO Eternity エタニティ

突然はじまる運命の恋！

カリスマ社長の溺愛シンデレラ
～平凡な私が玉の輿に乗った話～

有允《ゆういん》ひろみ

装丁イラスト／唯奈

文庫本／定価：770円（10% 税込）

日本屈指の五つ星ホテルで、客室清掃係として働く璃々《りり》。念願叶いエグゼクティブフロアの担当に抜擢されるが、思いもよらないミスで、スイートルームに飾ってあったガラスの靴を壊してしまう。持ち主は社長の三上《みかみ》！　弁償を申し出る璃々に、彼はなぜかデートを提案してきて？

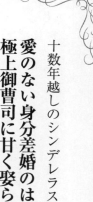

本書は、2022年12月当社より単行本として刊行されたものに、書き下ろしを加えて文庫化したものです。

エタニティ文庫

ウブな政略妻《せいりゃくづま》は、ケダモノ御曹司《おんぞうし》の執愛《しゅうあい》に堕《お》とされる

Adria《あどりあ》

2025年4月15日初版発行

文庫編集－熊澤菜々子・大木 瞳
編集長－倉持真理
発行者－梶本雄介
発行所－株式会社アルファポリス
〒150-6019 東京都渋谷区恵比寿4-20-3 恵比寿ｶﾞｰﾃﾞﾝﾌﾟﾚｲｽﾀﾜｰ19F
TEL 03-6277-1601（営業）　03-6277-1602（編集）
URL https://www.alphapolis.co.jp/
発売元－株式会社星雲社（共同出版社・流通責任出版社）
〒112-0005 東京都文京区水道1-3-30
TEL 03-3868-3275
装丁イラスト－逆月酒乱
装丁デザイン－AFTERGLOW
（レーベルフォーマットデザイン－hive&co.,ltd.）
印刷－中央精版印刷株式会社

価格はカバーに表示されてあります。
落丁乱丁の場合はアルファポリスまでご連絡ください。
送料は小社負担でお取り替えします。

ISBN978-4-434-35611-7 C0193